U0943160

反 转

リバース
湊かなえ

[日] 湊佳苗 著
王蕴洁 译

北京联合出版公司
Beijing United Publishing Co.,Ltd.

图书在版编目（CIP）数据

反转 /（日）湊佳苗著；王蕴洁译 .—北京：北京联合出版公司，2018.6

ISBN 978-7-5596-1731-6

Ⅰ .①反… Ⅱ .①湊… ②王… Ⅲ .①推理小说—日本—现代 Ⅳ .① I313.45

中国版本图书馆 CIP 数据核字（2018）第 029139 号

著作权合同登记　图字：01-2018-0813号

反　转

作　　者:〔日〕湊佳苗
译　　者：王蕴洁
责任编辑：徐　鹏

北京联合出版公司出版
（北京市西城区德外大街 83 号楼 9 层　100088）
北京嘉业印刷厂印刷　新华书店经销
字数：145 千字　880 毫米 ×1230 毫米　1/32　印张：8
2018 年 6 月第 1 版　2018 年 6 月第 1 次印刷
ISBN 978-7-5596-1731-6
定价：39.80 元

·目录·

第一章

"深濑和久是杀人凶手。"

在无意识中，今天一天的生活将以这种方式收场的预感早已在内心深处萌芽，所以我才能勉强承受这句突然摆在面前、让人瞬间一枪毙命的话。

★

雨水打在风挡玻璃上。看着风挡玻璃上出现一两滴像一日元硬币大的淡棕色污渍，深濑和久才发现，原本以为是透明的风挡玻璃，其实累积了薄薄一层尘埃。接着又有几滴雨水在风挡玻璃上打出相同的斑点，但现在还不需要启动雨刷，应该在此之前，就能够到达目的地。

在路边有西服量贩店和家庭餐厅的国道路口转弯，向县道行驶数百米，就可以看到神奈川县楢崎高中的校门。这所学校是西田事务机株式会社的业务员深濑所负责区域的老主顾之一，他把车身上印了蓝色公司名字的白色车子停在了总馆大门旁的访客专用停车场。雨仍然只是滴滴答答地打在风挡玻璃上，形成一个又一个的污渍。他从手套箱里拿出员工证挂在脖子上，拿起副驾驶座上的薄纸箱，单手夹在腋下跑去玄关。

进这家公司两年三个月以来，他每周都会来楢崎高中一次，所以只要点头打一下招呼，不需要停下脚步登记，就可以直接走过事务室，直奔位于同一栋楼的教师办公室。上午十一点，因为正在上第三节课，所以走廊上没有老师和学生走动的身影。时间进入七月，开始使用冷气之后，办公室的门窗紧闭，门上贴着“期末考试期间，禁止学生进入”的公告。

虽然深濑是为公事登门造访，却好像闯空门般用手轻轻握着门把，稍稍抬起后，缓缓把门滑开，细瘦的身体迅速挤进拉开的门缝，无声无息地关上了门。看到浅见康介坐在挂着“三年级”牌子区域最后方的办公桌前，边打字边交替看着笔记本电脑和教科书。浅见是社会科的老师。深濑站在浅见身后，看到“十字军东征”几个字，心想原来是世界史。这时浅见连同椅子一起转了过来。

“嘿，深濑，怎么不叫我一声？”

“我怕打扰你。”

“你总是可以做到神不知鬼不觉。资料夹带来了吗？”

一个小时前，浅见用传真订购了十本A4尺寸的纸质资料夹。

“因为数量不多，公司的仓库里刚好有。全都要粉红色的吧？”

深濑把手上的纸箱交给浅见，浅见放在腿上打开。

“这是暑假补习用的，只要能够和其他科目有所区别，什么颜色都可以。不好意思，这么几本资料夹，还让你特地送来。”

“很感谢你这么少的数量，也愿意向本公司订购。”

浅见从纸箱里拿出发票。一本资料夹七十日元，含税总计七百五十六日元。不需要特地向开车单程就四十分钟的公司订购，只要走去离学校十分钟的超市，就可以在百元商品区，以一百日元三本的价格，买到具有相同功能的商品。如果懒得出门购买，可以在平价文具网站订购，隔天就会送货上门。学校向来不会动脑筋节省开支。

之前听浅见说，有些家长抨击他和特定业者勾结。当时，深濑无言以对。因为平时他在工作时，也经常纳闷浅见为什么要向公司订购这些文具，但浅见不等深濑回答，就继续说了下去。

百元商店和优衣库这种地方，是为个人消费者而存在的。

什么勾结啊，可见那些人根本没有想过，公所和学校这种公家机关，必须发挥保护本地公司和商家的功能，需要相互扶持。

原来如此。听了浅见的话，深濑深刻体会到，原本以为只有公务员是靠税金吃饭的，原来在小公司工作的自己，也因为社会上这些不成文的默契才得以生存。

“那我就先走了，有什么需要，请随时吩咐。”

笔记本电脑的屏幕刚好启动屏幕保护程序。

“好。”浅见也举起一只手，把纸箱放在脚下，然后把椅子转向面对桌子。

“对了。”快走到门口时，听到浅见叫了一声，深濑转过头。

“最近什么时候有空？村井说，大家好久没见面了，找个时间一起喝酒，他也很想见你。”

“哦哦。”深濑笑着回答，但他不能确定自己是否确实发出了声音，也不知道脸上是否真的带着笑容。每次聚会都是村井提出邀约，但村井不可能主动提到自己的名字。上次见面是一年之前，而且并不是很愉快。可能是浅见提到偶尔会和自己在学校见面的关系，浅见应该也不是真心邀约自己。

深濑滴酒不沾。

来到走廊上，发现雨下大了。

“西田先生，你来得正好。”

一个女老师从教师办公室旁的印刷室探出头。她是今年四月来这个学校任职的国文老师木田瑞希。深濑曾经多次为她送资料夹和书法用品，但她每次都用公司的名字叫深濑，深濑也懒得纠正她。

“有什么事吗？”

“印刷机出现了奇怪的标示。”

走进印刷室，深濑顺着木田手指的方向一看，看到了数字印刷机显示的画面。每次都是这样，深濑强忍住叹息。印刷机根本没有任何问题。

“这是需要更换版纸的信息。”

“版纸？”

“就是用作印版的卷筒纸。”

“是吗？这个要自己更换吗？”

“我现在来更换，请你看着。很简单，一下子就学会了。”

深濑从放在印刷机旁的小型纸箱内拿出新的版纸，打开印刷机的盖子。木田说了声：“不好意思。”站在旁边探头看着深濑的手。“没关系。”深濑笑着回答。今天并不是因为印刷机的问题来这所学校，之前不止一次接到电话，说印刷机坏了，希望可以火速赶到。结果飞车赶到之后，发现只是需要更换版纸和墨轮，或是纸卡住而已。

“对了……”

木田凑近一步，和正在更换版纸的深濑四目相接。他并没有期待木田可能会向自己表白。十五岁之前，他就放弃了这种乐观的想象力。

“请问你和浅见老师很熟吗？”

果然不出所料。深濑低头看着自己的手回答说：“他是我的大学同学，我们参加同一个研讨小组。”

“是噢……”

深濑想象着她未说完的话，你从这么好的大学毕业，竟然在这么不起眼的公司上班。但是，木田嫣然一笑后并没有这么说，只是继续缩短和深濑之间的距离。

“浅见老师有女朋友吗？”

深濑抬起头，发现木田的脸颊通红。

“不是啦，因为最近学生都在议论，说看到他和女人单独在一起……有学生直接问了浅见老师，他说只是普通朋友，但是，你说呢？真的吗？”

深濑没有看木田的脸，把印刷机的盖子盖了起来，表示已经换好了，然后顺便清空了退版盒，也确认了备用的墨轮，数量还很充足。

“我不太了解他的私事，也没听说这件事，我们平时都聊工作的事。他从学生时代开始，就一直说想要成为一位真正的教师。”

“是啊，他工作的态度的确和其他老师不一样。啊，我不应该说这种话，但你们不愧是朋友。”

我们并不是朋友，只是刚好四年级时，参加了同一个研讨小组而已。在此之前，虽然是同系，却从来没有说过话，他可能甚至不知道我叫什么名字。

“那就先这样，如果遇到任何问题，欢迎随时和我联络。”

木田似乎还想打听什么，深濑立刻转身，快步走出印刷室。浅见也刚好从办公室走出来，他似乎完成了考卷或教材讲义，手上拿了几张 A4 尺寸的影印纸。

“你怎么还在这里？”

“刚才在处理印刷机，现在要回去了。”

虽然没有做任何亏心事，但对刚才在浅见背后谈论他学生时代的事产生了一丝罪恶感，深濑忍不住将视线移向窗外。雨越下越大，浅见也看着相同的方向。

“小心啊。”

深濑看向浅见，浅见手上拿着纸，做出了开车的动作。

“听说台风快来了。”

“谢谢。对了，代我向村井问好，只要是周末，我都没问题。”

这次终于能够坦诚地回答。既然看到外面在下雨，就能想到同一件事，可见浅见是朋友。不，应该说是伙伴。最近提议找以前同一个研讨小组的成员办同学会的村井应该也是。

雨越下越大，整条街道的风景都变成一片灰色，但电台仍然没有播报台风警报的消息。即使发布了警报，工作也不能做到一半就下班。电台配合暑假专题，播放着轻快的音乐，和户外的天气形成鲜明的对比。即使把雨刷开到最大，视野仍然很差，握着方向盘的手忍不住比平时更用力，但他还是很从容，不由得想象起刚才浅见走进印刷室后，木田不知道会露出怎样的表情。

话说回来，浅见到底有没有女朋友？

虽然深濑知道浅见的手机和邮件信箱，但从来没有用来和他联络。当公司接到订单，深濑上门送货时，如果浅见刚好有空儿，就会主动邀约，问他要不要喝咖啡，所以偶尔会在升学辅导室等接待客人的地方面对面喝咖啡，但从来没有聊过女朋友的事。

浅见来到楢崎高中任职的第一年，还是个菜鸟老师时，就担任了一年级班导师。或许意识到还是上班时间的关系，每次他都只是把当时遇到的问题告诉深濑而已。随着学生升级，如今他担任三年级的班导师，情况仍然没有改变。听说暑假也是浅见主动为学生补习。

浅见并不是找深濑商量，只是借由说出脑袋里的想法后加以整理，然后再度说出整理后得出的结论加以确认。说话的对象并不是非深濑不可，但他之所以会找深濑聊这些事，很可能是因为在职场以外，并没有可以倾诉工作烦恼的对象。

由此可见，他没有女朋友。连朋友都没有？

太高估自己了。深濑轻轻摇了摇头。难道以为别人需要自己吗？只有像自己这种人，才会觉得藏在内心深处的话，只能说给最重要的那个人听。像浅见那样的人，即使不主动，周围随时也会有很多朋友。想要倾诉时，不管出现在他面前的是谁，都能够毫无抵抗地展现一部分的内心世界。

正因如此，即使深濑和浅见只是参加了同一个研讨小组的关系，也了解浅见对高中老师这个职业的热忱。

包括深濑在内，总共有五名学生参加了明教大学经济学院经济系山本教授的研讨小组。和理科系的研讨小组不同，这个小组不需要每天出席，每个学生也有不同的研究课题。因此，从学年度初期开始，大家就因为打工或拜访公司等各种因素，几乎很少全员到齐。五月连假结束后的某一天，研究室内刚好只有深濑和浅见两个人。他们在各自的座位上使用笔记本电脑，浅见先开了口。

——深濑，你真的很认真，连教授不来的日子也会来研究室。

——你不是也一样吗？

——我是因为下周要开始教育实习。

之前大家都在的时候，听他提过，要去母校的高中实习两周。

——对噢。浅见，你不申请任何一家公司吗？

深濑之所以会这么问，是因为他申请了三家都市银行，都已经通过了第一阶段的考试。回想起来，那也许是他迄今为止的人生中最充满自信、最灿烂的时期。

——我只想投入教职。

浅见语气坚定、毫不犹豫地说。深濑所属的研讨小组有五个学生，其中三个学生算是活泼型，另外两个学生算文静型。浅见虽然属于活泼组，但在三个人中，相对比较沉默，每次都是面带微笑地看着另外两个人喧闹，但并不是遭到排斥，而是感觉像受到信赖的老大。虽然当时深濑只是“哦”了一声，并没有继续追问他未来的打算，但浅见主动说出了他以教职为目标的理由。

浅见的父亲在高中担任教师，但他并不是从小就崇拜父亲，相反地，他当时觉得无论如何，都不想当老师。因为父亲每天都晚归，而且担任棒球队顾问。虽然任职的学校并不是有机会打进甲子园的棒球强校，但每逢假日，父亲还是早出晚归地指导棒球队练习。遇到中元节或新年这些难得的假日，即使全家一起出门旅行，也不止一次发生接到班上学生因为偷窃遭到辅导的通知，就丢下家人独自先离开的情况。

父亲不照顾家人，总是以人生中只有短短数年交集的学生为优先。他曾经一度蔑视这样的父亲。

——我爸活着的时候，我从来没有尊敬过他。

浅见的父亲在他进入大学那一年秋天去世，虽然在非假日举行葬礼，但前来吊唁的宾客挤到了葬礼会场外。所有人都是他父亲的学生，每个人都用力地向浅见和他母亲诉说着对恩师的回忆。

——虽然我并不了解那些事，但可以清楚地看到父亲在他们回忆中的身影。我觉得人生是好是坏，只有死了之后才知道。能够让多少人觉得很庆幸遇到这个人，决定了人生在世的意义和价值。所以，我想要和很多人产生交集，像我爸一样，成为真正的教师，在别人人生的不同瞬间，全心全意地陪伴，留下我曾经活在世上的证明。

深濑当时应该只是傻傻地“哦”了一声，因为他被浅见的气势吓到，什么话都说不出来。

——不好意思，因为我刚好在填写教育实习日志的志愿动机，所以对你长篇大论……

浅见腼腆地耸了耸肩，笑了起来。深濑非但说不出什么中听的话，还让浅见必须自找台阶下，他觉得很丢脸，于是站起身说：“我来泡咖啡。”研究室的角落有茶水区，放了快煮壶、咖啡机和各自带来的杯子。

——虽然是同样的咖啡豆和机器，深濑，你泡的咖啡就是特别好喝。

虽然很不习惯别人称赞自己，但只有这件事是例外。深濑在泡咖啡时哼着歌，之后又继续聊了一下，但并没有再提起毕业后的出路。

当时……深濑用力握着方向盘。

他感到呼吸困难，这才发现脖子上仍然挂着员工证，而且绳子卷成了螺旋状，不知道是不是在印刷室忙碌时搅在一起了。但是，他很清楚，不光是这个原因而已。自己到底在干什么？对方只订购了十本资料夹，就花时间特地送上门，还更换了印刷机的版纸。这是谁都能够胜任的工作，这家公司根本是靠人情在做生意。

早知道当时应该向浅见谈论自己的未来。虽然他对银行职员这个职业的热情无法和浅见对教师职业的热情相提并论，但也许在和别人谈论的过程中，能够从模糊的生涯规划里，找到所谓的核心价值。也许可以想得更简单些，至少可以作为面试的练习。如此一来，也许有机会获得其中一家银行的内定。

也许，也许，也许……

绝对不要说这句话。在没有人生目标的日子中，这是唯一下定决心的事。但“也许”这两个字始终在脑海中盘旋，挥之不去。

不行，不行。他趁等红灯时，从手套箱里拿出口香糖的盒子，打开盖子后，随手在仰起的嘴巴上方摇了摇，然后把倒进嘴里的口香糖咀嚼在一起。

因为下雨，所以才会出现这些负面思考。但是，再好好思考一下。深濑对自己说，目前的我并没有不幸，相反地，不是和大家一样，终于得到了幸福吗？

他把收音机的音量调大，想要淹没雨声。是柚子的《夏色》。收音机里播放这么欢快的音乐，自己到底在沮丧什么？他随着音乐的节奏咀嚼着口香糖，美穗子的脸浮现在脑海中，宛如阳光从云间露出了脸。中元节时，邀她一起去旅行吧。交往至今已经三个月，差不多可以进入这样的关系了。去哪里呢？冲绳、北海道，夏威夷的话太贵了……

“接下来播放几首西洋音乐。说到夏天，当然要听这首！”

收音机内传来熟悉的前奏，但他想不起歌手，也想不起歌曲的名字。虽然他对西洋歌曲不太熟，但多次在车上听过这首歌曲。

那一天……喜欢西洋音乐的谷原编辑的 MD 中，第一首就是这首曲子。

——谷原夏季特别专辑！

谷原说完，在副驾驶座上引吭高歌起来。坐在驾驶座上的浅见一脸受不了地抱怨说：“你够了没有？”

——干吗？我是担心你想睡觉，特地活跃一下气氛。来，大家一起唱。

谷原回头看着后车座说道。“我对西洋音乐一窍不通。”深濑对坐在旁边的广泽嘀咕道。没想到广泽说，这首歌曲应该没问题，还告诉了他歌手和歌曲的名字，说之前在英语课时听过。

是海滩男孩的 *Surfin' U.S.A.* 。

西田事务机株式会社专营办公事务机器和办公家具的销售、租赁及维修，同时销售办公用品。深濑回到公司后，正在看账册的小山部长抬起头对他说：“我正在等你。”只要看小山和其他同事的表情，就知道不是工作上的事。在这家有十八名员工的公司内，只有董事长有专用的办公室，其他员工的办公桌都在同一间大办公室内。深濑进公司到现在，仍然是全公司最年轻的员工，前辈同事对他的期待只有一件事。

那就是泡咖啡。但他并不使用特殊的机器。深濑进公司那一年换的新咖啡机在家电量贩店的售价不到五千日元，放在茶水区的中央，咖啡豆却是他自己带来的。他购买了烘焙好的咖啡豆，在泡咖啡之前，用他自己带来的手工磨豆机磨碎。原本只是泡给自己喝，但可以煮十杯的咖啡机多煮几杯时，比只煮一杯更好喝，于是就问其他同事要不要喝，久而久之，所有同事都开始期待深濑的咖啡。如今，深濑每天为来公司上班的同事煮一次咖啡，已经成为不成文的规定。

他之前提议，一杯一百日元，他用这些钱去买咖啡豆，大家想喝的时候可以自由取用。只不过咖啡豆的种类和烘焙程度不同时，磨豆的方式也不同，所以大部分人认为，外行人使用高价的咖啡豆根本是浪费，最后决定深濑不在的时候，就用量贩店买的那种普通的咖啡豆。

因此，像今天这样上午出去跑业务，一回到公司后，就会受到热烈的欢迎。

深濑还来不及喘口气，就马上走回自己的座位，从抽屉里拿出装了咖啡豆的袋子和磨豆机，嘎吱嘎吱开始磨咖啡豆，办公室内顿时弥漫着咖啡的香气。

“今天是我这个星期第一次喝，是哪里的咖啡豆？”

小山在自己的座位上大声说道，言下之意就是暗示其他人，他第一轮就要喝到。

“肯尼亚，特征是有橘子和纯巧克力般的风味，和其他咖啡豆相比，算是深焙豆，所以可以强烈感受到苦味。”

“哦，是我喜欢的味道。”

“我喜欢上次的咖啡豆，那是哪里的？”

坐在深濑对面的女同事也加入了讨论。

"是危地马拉的。"深濑还没有开口，坐在他旁边的同事回答说，"深濑，那种豆子有桃子的香味，对不对？"办公室的同事以深濑为中心开始聊天。人群的中心。这是他有生以来，第一次有这样的感觉。

当初讨论后决定，想喝咖啡的人，把咖啡钱投入咖啡机旁的扑满内，所以并没有做生意的感觉，也不需要向大家报告咖啡豆的价格。以预算来说，购买低一个等级的综合咖啡豆才符合成本，而且即使是综合咖啡豆，质量也比量贩店最高级的豆子高了好几个等级。但他每周都会购买不同种类的高级咖啡豆，就是为了能够成为众人的中心，哪怕一天之中只有短短的几分钟而已。

即使他礼让其他前辈同事，请他们先喝，但每次都是等深濑把第一轮的第一杯倒进自己的杯子后，大家才开始排队。这件事也让他感到满足。

虽然这称不上什么值得骄傲的优点，但至少因此让自己有了立足之地。

有人因为深濑的行为感到高兴。

虽然这样的人并不多，在踏入社会之前，也有人为此感到高兴。包括教授在内，所有研讨小组的人都表示称赞，但只有一个人称赞说，深濑泡的咖啡，比他喝过的任何咖啡都好喝。

如果可以忘得一干二净，不知道会有多轻松。无数个夜晚，让深濑抓着头懊恼的可怕往事，总是不经意地在脑海中缓缓浮现，尽管在喝咖啡时，可以稍微缓和一些，但仍然感觉无力。原来自己只能做到那种程度的事。

早知如此，至少要用更好的咖啡豆泡咖啡。

深濑在进入“西田”任职的同时，搬进了珍珠公寓。九平方米多的套房附有浴室，房租六万日元。学生时代住的公寓格局与此相同，房租四万日元，而且搭一班地铁就可以到公司，但是，他希望用肉眼可以看到的明确方式和学生时代诀别，所以最后搬了家。家具和冰箱等家电几乎都直接使用以前的，所以有许多让他回想起学生时代的东西，但还是能够借此告诉自己，再也回不到当年了。

目前的公寓搭一班私铁[①]就可以到公司，只不过走路到车站要二十分钟，于是继高中时代之后，深濑再度骑脚踏车通勤，但下雨的日子只能走路。

深濑是在进公司三个月左右发现幸运草咖啡店的。那天从早上就开始下雨，天气预报说，傍晚雨就会停，但他准时下班，回到家附近的车站时，雨还在下，而且完全没有变小。他在车站前的吉野家吃完晚餐时，雨才终于停了。他没有撑雨

① 私铁：通常指私有铁路，是由私人企业经营的铁路运输系统。

伞，穿越车站前的商店街，走向位于密密麻麻建造了很多房子的住宅区内的公寓，但即将走到住宅区时，雨滴再度打在脸上。

他停下脚步，正在思考到底要不要撑伞，突然看到小路深处有一块不大的木头广告牌。天色已黑，但在淡淡的路灯下，仍然可以看到用片假名写着“幸运草咖啡”的店名下方，用小一号的字体写着“咖啡豆专卖店”几个字。

原来这里有这家店。深濑毫不犹豫地走了过去。虽然他对泡咖啡很有自信，总是视自己的经济状况，尽可能购买好的咖啡豆，但通常是在超市购买。原本觉得自己找到了有卖蓝山咖啡豆的店，自认为对咖啡豆很讲究……没想到还有咖啡豆专卖店。

那家店只是将普通住宅一楼的一部分改装成玻璃帷幕的店家而已，如果没有招牌，会以为是对园艺颇讲究的普通民宅。他甚至怀疑那里并不是店家，还在四周张望了一下，寻找有没有更像店家的建筑物。如果在学生时代，他一定会迟疑不决，但如今逐渐适应了跑业务的工作，所以踏进那家店并不需要太大的勇气，觉得至少比上门推销轻松。

拉开木制的门，发出“当啷”的声音，而且立刻传来一个很有精神的招呼声：“欢迎光临。”让人以为走进了荞麦面店。一个年龄介于深濑和他父母之间的女人站在门旁的收银台后方。

虽然店员的招呼声很精神，但整家店的装潢走乡村风格的低调路线。感觉像是手工制作的木制货架上，每层放了三个单手很难拿起的大玻璃瓶，总共有十二个，玻璃瓶内装着烘焙过的咖啡豆。货架的空位上，摆放着身穿五彩缤纷的斗篷的男人和驴子等令人联想到中南美的杂货公仔作为装饰，很有咖啡豆专卖店的感觉。

每个玻璃瓶旁都放着手写的广告牌：幸运草综合豆、意大利综合豆和冰咖啡综合豆。深濑大致可以想象这些咖啡豆的种类，如果是超市的咖啡豆柜位，接下来就会看到乞力马扎罗、摩卡、蓝山，但这里完全看不到这些知名品种的咖啡豆。

只有危地马拉、尼加拉瓜、哥斯达黎加、萨尔瓦多、巴西、洪都拉斯、秘鲁等中南美洲的国家名字，还有肯尼亚、印度尼西亚等其他地区的国家名字。在国名品种的手写广告牌上，分别写着“南国之花、桃子风味”“哈密瓜、杧果风味”“黑樱桃、覆盆子风味”之类的说明内容，但深濑完全没有概念。

咖啡怎么会有花和水果的风味？虽然可以直接问店员，但事情没那么容易。深濑很清楚自己，如果能够做到不懂就问，做不到的事情就拒绝，或许可以活得更轻松。

那就买综合咖啡豆吧，他暗自这么打算。

——这位先生，你是第一次来本店吧？如果有时间，要不要去里面试喝一下？

他顺着店员手指的方向看去，发现货架后方有一条通道，但里面到底是店面，还是家？深濑愣在原地，店员从柜台内走出来说："请走这里。"为他带路。通道尽头的房间内放着烘焙机和大麻袋，隔壁是喝咖啡专用的房间。空间很狭小，木制的吧台前只放了六把椅子。吧台内有一个年纪和店员相仿的男人。原来他是老板，店员是他太太。老板娘告诉深濑，今年春天，丈夫辞职后，他们夫妻一起开了这家店。

——我也是今年春天开始工作后搬到这附近的。

深濑觉得这是一种缘分，很自然地这么告诉他们。

——所以，我们算是同期出道的。哎呀，这样感觉好像是偶像明星一样。

——有没有你喜欢的咖啡豆？

老板不像老板娘那么健谈，说话时，一个字一个字地往外吐，速度也只有老板娘的一半。深濑对他产生了亲近感。从老板的谈话中得知，咖啡豆都是他亲自前往世界各地的咖啡豆产地严格挑选后买回来的。

——原本只是兴趣，结果一发而不可收，就做了蠢事。

老板抓着头，自嘲地说道。但听到深濑语带佩服地说："太厉害了！"老板立刻双眼发亮，得意地问他："想不想听有关咖啡的事？"深濑点了点头。老板说："那就从我最初去的洪都拉斯开始。”然后请太太去贩卖区拿来了咖啡豆，用德国产的机器精心冲煮了一杯浓缩咖啡。

——好喝，真好喝！

清新的酸味在嘴里扩散，随即渗出淡淡的甜味。老板向他说明是“蓝莓和巧克力风味”，他才恍然大悟，原来是这么一回事，但他觉得味道更深沉，口感更醇厚，好像是熟成后的葡萄酒。

深濑结结巴巴地说出了自己的想法时，发现了自己的词汇贫乏，不由得暗自心焦。说得越多，听起来越虚假，但老板高兴地不时附和“对不对”“没错”“的确是你说的这种味道”。

最后，那天直到晚上十二点过后才离开那家店。虽然从第二杯之后，就换成了小咖啡杯，但总共喝了十二杯咖啡，喝遍了所有的种类。结账时，老板说只收一杯咖啡的钱，双方尴尬地各持己见了一番，但最后还是深濑屈服了。老板看起来很文静，没想到很不容易“对付”。一杯咖啡才三百日元。不同种类的咖啡豆售价不同，每一百克从五百日元到两千日元不等，但在饮用区，无论挑选哪一种咖啡豆，价格都相同。

——虽然我对咖啡豆很有自信，但还在学习怎么做生意。

自己的技术和老板有着天壤之别。深濑并没有因此感到挫败，反而对开拓了一个新的世界感到舒服自在。看到已经收进贩卖柜台内的广告牌，得知晚上九点就应该打烊了，他对送他到门口的老板娘深深鞠了一躬。

——不必担心，欢迎你改天再来坐坐。

啊，太开心了！走出门外，他抬起头深呼吸，看到了满天的繁星。

翌日，他就以回家忘了带伞的借口再度上门，之后每天下班都会去坐一坐。

虽然他不好意思说，自己有了私房咖啡店，但因为有了这样的地方，让深濑的日常生活也和那家店的咖啡一样，变得又浓醇又深奥，而且充满香气。

“深濑，你早餐都吃面包吗？”

深濑坐在吧台最深处的固定座位，怔怔地喝着咖啡时，老板娘在吧台内问道。

“算是吃面包吧，但其实通常只喝咖啡而已。”

“那怎么行？你还年轻，早餐一定要吃饱，不是需要糖分吗？”

“但我早晨喝咖啡时，会同时加很多砂糖和牛奶。”

在这家店时，为了能够充分品尝咖啡豆本身的风味，所以都喝黑咖啡。

“所以你不怕甜，那……”

老板娘“咚”的一声，把一个手掌就可以握住的小瓶子放在吧台上，里面装了好像玳瑁糖般淡黄色的浓稠液体。

“这是蜂蜜，你愿不愿意收下？这是我娘家的父亲自家产的蜂蜜。”

老板娘的父亲在退休后，和附近的朋友一起开始养蜂。养蜂的成员几乎都是农民，大家把蜂巢箱放在自家的庭院或农田里，一段时间后，再把蜂巢箱集合在一起。

“去年收成的蜂蜜量很少，大家做了松饼，在上面淋了几滴之后就没了，但今年好像大丰收，家里寄来了五瓶。不必特地做松饼，加在吐司上也很好吃，要记得先抹一些奶油。”

“是噢……”深濑拿起瓶子，浓稠的蜂蜜表面摇晃了一下。原来外行人也可以做出这么透明的蜂蜜，只要贴上商标，完全可以作为商品出售。

“你试试……”老板娘的话说到一半，门铃响了，她慌忙走去贩卖区。老板上周出国采购咖啡豆，听说这次要去肯尼亚、坦桑尼亚等非洲国家。昨天老板娘给深濑看了照片，老板站在咖啡园前，黝黑的脸上露出满满的笑容。

深濑把蜂蜜瓶放在吧台上。

现在流行养蜂吗？话说回来，装蜂蜜的容器简直和身体的大小成正比……

——我老家寄来的，你知道要怎么吃吗？

大学四年级，六月初旬的某天晚上，广泽带着一大瓶蜂蜜来深濑的公寓。广泽来深濑家时，偶尔会带零食或外带的牛丼[1]，这一天手上的超市塑料袋把手因为重量被拉得很长，几乎快扯断了。

咚——广泽把从塑料袋里拿出来的东西放在如今只当成普通桌子使用的暖炉桌上，发出沉闷的声音。琥珀色的浓稠液体在几乎可以装一年酸梅的巨大瓶子内装了差不多九分满。

——我家大伯在养蜂，虽然我喜欢吃甜食，但寄那么多来也很伤脑筋，到底要怎么吃啊？真希望我妈稍微动点儿脑筋，送你好吗？

那瓶蜂蜜的重量很惊人，如果因为客套而拒绝，反而很对不起他。

——虽然我不知道要怎么吃，但先装在保鲜盒里。是不是要去百元商店买几个回来？

——不用，这整瓶都送给你。

广泽说，他家里还有两大瓶。虽然深濑第一次听到广泽抱怨，但如果自己遇到相同的事，应该会有更多埋怨。

——等一下再来思考要怎么消耗这些蜂蜜，我先来泡咖啡。

这是广泽来深濑家里的习惯。每次都一边喝咖啡，一边看电视上的综艺节目，或是看在附近出租店借来的电影DVD，广

① 牛丼：是一种盖饭。碗内盛上米饭后，上铺一层碎牛肉片和洋葱丝。

泽偶尔也会带落语[1]的 DVD 来看。

深濑不知道这是不是和同性友人相处的正确方法。之前他并不完全是没有朋友，虽然中学时，发生过班上同学一个月不理他的事，但并没有遭到更进一步的恶整。只不过他从小学时开始，就没有任何可以称为好朋友的朋友。如果需要说出五个朋友的名字，应该会有三个人写深濑的名字，但如果只需要写一个朋友，应该没有人会写深濑。深濑觉得是自己唯一朋友的对象，可能在列举五个朋友时，也不会提到深濑的名字。

他一直觉得这是世界上最羞耻的事。虽然从来没有人说过，但他觉得朋友的人数决定了一个人的素质。到底有多少人喜欢自己，信任自己？并不是人数越多越好，也不是任何人都可以，必须是素质高的朋友，必须是让周围的人露出羡慕眼神的人。

然而，在隐约意识到这件事的小学时代，深濑身边并没有朋友。他很快就知道了原因，因为他不擅长运动，也不是出口就能搞笑的人。课间休息时间，从来没有同学来找他，因为他都在看书。但是，没必要牺牲看书的时间和那些脑袋不灵光的家伙相处。他这么告诉自己，却忍不住不时瞥向那些热闹聊天的同学。

---

① 落语：日本的传统曲艺形式之一。

原本期待上了中学后，其他同学会对功课好的人刮目相看，但他发现在教室内放声大笑的还是小学时代的那些人。这也是无可奈何的事，因为大家根本不想知道谁才是优秀的人，也没有机会知道。深濑就读的中学向来不公布考试的分数，在他父母那个年代，都会把成绩贴在走廊上，如果自己生在那个时代，也许会有不同的境遇。深濑用书本遮住了脸，忍不住诅咒所谓的“宽松教育”，但偶尔也会有同学对他说，这个作者的书很有趣。虽然他也结交了可以相互借书、放学后一起逛书店的朋友，但他从来不觉得和这些朋友一起相处的学校是一个愉快的地方。

他决定进入高中后，充分发挥真正的实力。以他的成绩，可以轻松升学到当地录取分数最高的私立学校。但是，他的父亲在他中学二年级的暑假被发现罹患了癌症，开始了和疾病搏斗的生活。在食品加工厂工作的父亲虽然没有遭到裁员，但公司也无法在他停职期间支付薪水。在这种情况下，他无法向父母提出想读私立高中的要求，最后就读了家附近的一所公立高中。虽然多少筛掉了一些笨蛋，但同一所中学有三分之一的同学都进入了那所高中，所以他在这些同学中的地位也不可能有太大的变化。

必须离开这个乡下城镇，才能够活出自己。

父亲手术成功，顺利回到职场后，他的生活重心并没有放在充实高中生活上，而是以考上大城市更好的大学为目标。他完全不在意别人为他贴上“无聊的家伙”这种标签。真正的我和你们不一样。他好像在念咒语般不断告诉自己，最后拿着明教大学的录取通知书，离开了那个乡下城镇，没有把新的住址留给任何一个高中同学。

广泽由树是他在这片新天地终于结交到的人生中第一个好朋友。

“对不起，吧唧吧唧地跑来跑去。”

如老板娘所说，她小跑着回来时，脚上的橡胶拖鞋发出了“吧唧吧唧”的声音。她已经为深濑冲泡了刚才点的咖啡，所以深濑觉得自己独自坐在那里也没问题，但老板娘的人品，让她无法这么做。

“呃，我们刚才说到哪里？对了，蜂蜜。”

老板娘从货架上拿出另外一小瓶蜂蜜。

“要倒在盘子上，还是你直接用汤匙舀来吃？”

“要不要加进咖啡试试？”

“妙计！为什么我都没想到？深濑，真是好主意！”

老板娘拍了一下手。

——要不要加入到咖啡里试试？

最初是广泽这么提议，但深濑并没有像老板娘那样立刻表示赞同。因为他担心蜂蜜的香味会盖过咖啡的香气，破坏咖啡的味道，甚至一度怀疑，广泽并没有像他嘴上说的那么爱喝咖啡。

——听说这样很好喝……这是我妈说的，不知道应不应该相信。

既然这样，那就试一杯。深濑决定试试看。

老板娘伸长脖子，低头看着深濑的杯子。杯子已经空了。

“还能再喝一杯吗？”

自己的胃当然还喝得下，还是说，老板娘问的是时间？他看了手表，傍晚六点四十分，距离约会时间还有二十分钟。

“没问题啊。”

“那就再来一杯。”老板娘收走了空杯子。

“要加其他东西时，是不是用综合咖啡比较好？”

“赞成。”

老板娘从货架上拿了幸运草综合咖啡豆的瓶子，把两杯份的咖啡豆放进了电动磨豆机。接着把刚磨好的豆子放进浓缩咖啡机里。随着“嗡嗡”的低鸣声，浓醇的咖啡滴入杯子中，再加入热水就完成了。

熟悉的浓醇香气刺激着鼻腔。光是这样就很好喝了。正当他有点儿动摇时，只听到“咚”的一声，一股浓醇的甜蜜香味扩散。

“你先请。”老板娘递上瓶子。深濑用小茶匙舀了一匙放进杯子，缓缓搅动杯底。

“一匙就够了吗？”

“我一匙就够了，但如果想要一茶匙砂糖的甜度，就需要三匙。”

“你简直就是蜂蜜专家嘛。”

这也是广泽发现的。老板娘加了三茶匙，快速地搅动起来。和广泽一样。深濑想起了广泽的大手。

今天应该就是这种日子。

他喝着咖啡，鼻腔内是满满的咖啡香气。因为刚才听老板娘说，她娘家的蜂巢箱都放在庭院里，所以觉得嘴里满是绽放在原野的花香。咖啡和蜂蜜的气味与口感都完美地融为一体，完全没有丝毫不协调，如果在不知情的情况下，老板娘说这是新品种的咖啡豆，自己应该也会相信。

——是不是超好喝？

他回想起广泽得意的笑容。

“真好喝，完全不输给咖啡豆比赛前几名的豆子。如果告诉我老公，他一定会说是歪门邪道，不同意我这么做，但这个星期作为试卖，我也要向其他客人推荐加了蜂蜜的综合咖啡。”

老板娘似乎很满意，一口气喝完了热咖啡。之前都没有注意到这件事，深濑发现老板娘和广泽喝咖啡的方式也很像，他们喝起来都很豪爽，有点儿怕烫的深濑难以模仿。

“那这个也给你。”

老板娘的左手架在吧台上，把原本放在手肘前的小瓶子递给他。

“你不必客气，这是感谢你提供这么棒的提议……如果用不完，可以送给美穗子。你们今天没有约吗？”

“我们约在七点，她应该快来了。”

这次他看了手机确认时间，刚好七点。门铃应该很快就会响起，他看向店面的方向。迄今为止，美穗子约会从来没有迟到过，这次也没有收到她的电子邮件说会晚到。

“那等美穗子来了之后，再为她冲泡加蜂蜜的咖啡。啊！”

老板娘发出傻叫声的同时，门铃响了，她向深濑使了一个眼色后走向贩卖区，立刻大声地叫着不是美穗子的名字。“哎哟，某某先生，欢迎光临。”深濑竖起耳朵听着贩卖区的动静，心想老板娘应该是故意说给自己听的。老板娘和客人聊着天，然后说明了咖啡豆的种类。深濑无法明确听到谈话的内容，却可以清楚地听到笑声。

之前听老板娘和其他客人聊到，老板在开这家店之前，在都市银行工作。深濑在毕业前也申请了那家银行。当时，客人惊讶地对老板娘说：“你竟然同意他辞职。”老板娘笑着回答：“他一旦决定的事，别人劝他也没用。”

深濑难以想象这样的选择，他觉得老板娘比老板更厉害。梦想不是会在结婚的同时放弃吗？但他现在也开始觉得，如果老板是单身，即使有想开店的梦想，或许也不会付诸行动。因为只有背后有人推一把，才能够踏出那一步。也许老板在世界各地奔波，寻找美味的咖啡豆，就是想要带回来给太太喝。

因为他遇见了美穗子，所以才会有这种想法。

四个月前，他第一次在“幸运草咖啡店”遇见越智美穗子。他下班后来到这家店，发现吧台最角落的固定座位上坐了一个陌生女人。深濑每次都在晚上七点左右来到店里，很少遇见其他客人。这家在住宅区正中央的咖啡豆专卖店的饮用区在下午一点到五点生意最好，因为店里只卖咖啡，所以没有客人在晚餐时间来这里填饱肚子。八点之后，又会有一只手就可以数完的老主顾上门。有的来喝杯咖啡醒酒，有的在饭后来喝一杯咖啡，每个人的目的各不相同，深濑也不时遇到这些老主顾。

但是，这个女人并不是八点之后的老主顾。听说自从杂志上多次介绍这家店之后，有不少远道而来的客人，不过那个女人的衣着很随性，不像是那种客人，但深濑也没在这附近看见过她。

虽说深濑应该立刻找其他座位坐下，但他茫然地站在那里，看着正在吧台内泡咖啡的老板。老板默然无声地露出满脸的歉意，深濑慌忙在最靠近门口的座位上坐了下来。

——这里该不会是预订的座位吧？

美穗子战战兢兢地微微站起来问深濑。

——不，没这回事，您请坐。老板，老样子。

说完之后，他才突然想起，这种说话方式会不会让她觉得故意强调自己是老主顾。但美穗子的视线集中在自己眼前的咖啡上。她拿起杯子，闻着香味，喝了一小口，同时瞪大了眼睛。一定比她想象中更好喝。深濑看着美穗子的侧脸想道，自己第一次来这里时，应该也露出了相同的表情。

——可以在这里买咖啡豆，对吗？

美穗子委婉地问道，担心打扰正在为深濑泡咖啡的老板。老板还没开口回答，她又继续说了下去。

——但是……即使是相同的咖啡豆，在这里喝一定比较好喝。

没错！深濑在心里用力点头。

深濑从高中三年级的秋天，准备为考大学冲刺时开始喝咖啡。最初都喝家里的速溶咖啡，在每晚都喝两三杯之后，隔天早晨会觉得胃很不舒服，于是就请母亲去买了咖啡滤杯和专用的咖啡豆。上了大学之后，深濑看了与咖啡相关的书籍，把滤纸改成了滤布，也试了法式滤压壶，努力钻研咖啡的相关知识。之后毕业进了公司，在发现这家店之后，深濑花了第一次领到的全部年终奖金，买了一台和这家店相同的德国产浓缩咖啡机。

他在咖啡上投资了时间和金钱，如今能够很有自信地说，自己泡的咖啡比普通咖啡店卖的咖啡好喝好几倍（虽然他并没有真的这么炫耀过），但无论再怎么努力，老板泡的咖啡仍然让他望尘莫及。而且，老板还会定期参加专家的讲座，技术持续进步。

所以我每天都来这里——他觉得只要自己这么说，气氛会更加融洽，然而，最后他只是小口喝着老板为他泡的咖啡。不过还是有其他谈话的机会。他刚才对老板说“老样子”，是交由老板决定的意思。今天喝的咖啡有酸酸甜甜的莓果味道。

——哥斯达黎加?

——答对了。

如果答错了，或者是老板新采购的咖啡豆，老板就会分享咖啡的相关知识。一旦猜中了，就不会多聊什么。深濑来这家店将近两年，和老板之间除了咖啡之外，几乎没有聊过其他的话题。

深濑在回答咖啡豆的种类时，发现美穗子瞥了自己一眼，但并没有对自己说“好厉害”或是问“什么味道”。结果深濑忍不住频频瞄她，觉得她喝一口咖啡，仰起头，若有所思的样子很美。

那天之后，运气好的话，每周会遇到美穗子三次；运气不好的话，至少也会遇到一次。通常都是美穗子先到，坐在靠门口的第二个座位，好像特地避开深濑的指定座位。当深濑走进店里时，会微微点头打招呼。

老板偶尔也会向美穗子介绍咖啡豆，但通常都是三个人静静地听着有线广播的拉丁音乐而已。

但是，这家店还有另一个重要人物。

——美穗子在车站另一侧的格林面包店上班。

美穗子没有来店里的时候，老板娘突然对深濑说。深濑并不知道谁是美穗子，直到老板娘告诉他，就是最近晚上七点常来的老主顾，深濑才第一次知道那是她的名字。

——那家店有很多咖喱面包和三明治这种熟菜类的面包，你可以在上班之前去那里买午餐。

深濑的公司并没有员工食堂，但公司周围有好几家物美价廉的餐厅，早上的时间原本就很赶，特地绕过去很麻烦。不过，一个星期后的假日，他还是在白天的时间去看了一下，但美穗子不在收银台。

白跑一趟。经过高架铁路下方时，他很想找一块小石头来踢，突然停下脚步想：自己到底在期待什么？不是去买面包吗？然后硬是思考着咖喱面包适合搭配什么咖啡。

隔天，他在固定时间去了幸运草咖啡店，发现美穗子已经来了，老板娘也在吧台内，但他没有提去面包店的事。三天后，老板娘递给他一个装了电影票的信封。

——商工会的人送我的，因为是恐怖片，我和老公都不喜欢看。深濑，你要不要看？

虽然深濑对恐怖片没有太大的兴趣，但他之前就想看这部片子。因为那是深濑学生时代喜欢的导演所拍摄的作品，之前正打算找时间去电影院看这部电影，想了解擅长拍心理推理的导演会以什么方式拍恐怖片。他道了谢，看了信封里的电影票，发现有两张。

——你可以带女朋友去看。

——我才没有这样的对象。

如果是别人说这种话，深濑一定会咂嘴，但在老板娘面前，他已经能够很自然地露出害羞的表情，或是说一些泄气的话。

——那要不要邀美穗子一起去看？上次我和美穗子聊起电影，我记得她当时说喜欢这个导演。

老板小声地叫了老板娘一声，试图制止她。

——既然这样，电影票……

送给美穗子不是更好吗？老板娘似乎猜到了深濑想说的话，所以打断了他，摇着双手说："这样不行啦。"眼神似乎在说，不管你是客气还是礼让，一旦说出口，真的会变成这么一回事。

——你是头号老主顾，凡事当然以你为先。

老板娘的话出乎深濑的意料，他感到双眼发热。在只能填写一个人的栏目内，竟然有人写上了自己的名字。这时，美穗子刚好走了进来，她似乎发现所有人的视线都露骨地集中在她身上，有点儿不知所措地摸了摸脸，然后又检查了自己的衣服。事后才得知，她当时以为自己身上沾到了面粉。

美穗子坐下后，老板娘笑嘻嘻地看着深濑。

赶快鼓起勇气，你不是一直很在意她吗？

他没有发现这只是自己一厢情愿的脑内解释，用力回望着老板娘。

一旦遭到拒绝，虽然很舍不得这里的咖啡，但恐怕一辈子都无法再踏进这家店。

对某个人产生强烈的感情，似乎和用力握紧双手的感觉相同。他默默地站了起来，在美穗子身旁停下脚步，从腹底挤出了声音。

——请问……

翌日之后，除了店休日以外，他仍然每天来这家店报到。

“美穗子是不是加班，上次听她说，最近经常要帮忙一起做面包。”

老板娘从贩卖区走回来后关心地问道。那次看电影后，两个人开始交往，老板娘经常告诉他们哪里开了好吃的法国餐厅，或者以深濑喜欢落语为他们创造机会约会。甚至有一次对美穗子说，以前的媒人应该就是这种感觉，但话说到一半，慌忙住了嘴。

因为他们交往才三个月而已。

“对不起，失礼一下。”

深濑拿起手机。传电子邮件比较好吗？不，离约定的时间已经过了二十分钟，即使她还没有下班，打电话给她，她也应该不至于责怪自己。虽然从来不曾有过这种经验。

他拨打了美穗子的手机号码。铃声响了十次，转到了语音信箱。要留言告诉她，自己还在幸运草咖啡店吗？他正在等待录音的信号，电话中突然传来轻微的说话声：“喂？”从雨声判断，她正在户外。

“你在来幸运草咖啡店的途中吗？”

深濑大声问道，以免声音被雨声淹没，但想到老板娘可能以为他故意用这种方式表达电话已经接通，不由得感到很难为情，转身面对着墙壁，把电话贴近嘴边。美穗子在电话中的声音很轻，几乎听不太清楚。他忍不住皱起眉头，以前通电话时，后面的杂音也这么大声吗？但总算知道了美穗子目前人在哪里。

“对不起，请帮我结账，她已经去我家里了。”

"啊哟哟，那得赶快回家。"

深濑拿出皮夹，匆匆站了起来，把已经冷掉的咖啡一饮而尽。冷掉之后，原本和咖啡融为一体的蜂蜜味道和香味，在流过喉咙时，各自主张着自己的特性，可以明确感受到是两种不同的混合物。

"别忘了蜂蜜。"

老板娘只说了这句话，就率先走去收银台所在的贩卖区。

他们并不是每次都约在幸运草咖啡店，在车站见面后直接去吃饭的次数反而比较多，但在格林面包店店休日前一天，都会约在幸运草咖啡店见面。因为美穗子会带大量店里卖剩下的面包回家，然后两个人一起去深濑家吃面包当晚餐。深濑并不排斥晚餐吃面包这件事，每个星期有一天这样的日子也不错。

"对不起，我已经到你家门口了。"

美穗子在电话中这么说。发生什么事了吗？深濑离开咖啡店后，就一路跑向公寓，虽然撑着伞，但跑了不到一百米，鞋子就开始发出"咕叽咕叽"的声音。膝盖以下的长裤也都变了色，贴在腿上。

美穗子可能也被淋得湿透，所以无法去咖啡店。这种想法稍微缓和了担心是否发生什么大事的不安。还是已经发布了台风警报，所以美穗子误以为咖啡店提早打烊了？幸亏昨天洗了所有的毛巾。

虽然美穗子应该站在屋檐下，但一定会觉得很冷，先为她泡杯热咖啡。美穗子在店里喝咖啡时，也会加砂糖和牛奶，如果给她看老板娘送的蜂蜜，她一定会很高兴。对了……

不如趁这个机会，提议配一把备用钥匙给她。虽然他没去过美穗子的公寓，但之前听她说，从家里骑脚踏车到格林面包店要十分钟。由于两个人住在车站两侧走路就可以到的地方，所以没有理由特地为对方配一把备用钥匙，以便主人不在的时候等在家里。深濑这么告诉自己，但其实他是害怕遭到美穗子的拒绝。只要配合对方，在允许自己进入的范围敞开自己的门户就好。如果美穗子也有相同的想法，双方永远无法缩短彼此的距离，不能一直指望幸运草咖啡店的老板娘，更何况老板娘不可能说"你们两个人干脆同居"这种话。

木造两层楼的公寓出现在前方。深濑住在一楼。当初去房屋中介公司时，中介人员夸他运气真好，光线充足的二楼边间刚好空着，但实际参观后，他租了一楼的另一间空房。因为二楼边间的那个房间刚好在铁楼梯旁，在参观室内时，可以听到二楼的住户或访客走上楼梯时发出"铿、铿、铿"的轻快脚步声。

短暂的瞬间，心情激动起来，但下一刹那，一种好像被人按住头顶的压迫感袭来，几乎感到眩晕。

他再也不会带着那样的脚步声来找自己，但自己每次听到这个声音，就会想起他。

美穗子好像躲在楼梯后一般站在那里，手上紧紧抱着格林面包店的尼龙袋子。“对不起。”深濑跑向她，发现她并没有淋得很湿。虽然光穿着拖鞋的脚湿了，但不至于湿到不好意思走进店里，反倒是深濑已经浑身湿透了。

难道美穗子更早就到了，在雨下大之前，就已经来这里了？这个想法闪过深濑的脑海。刚才在咖啡店时，老板娘在贩卖区和饮用区之间跑来跑去，在贩卖区为深濑结账时，她看着外面说：“啊哟哟，雨越下越大了。”

“你为什么道歉？我没有去店里，是我的错。”

美穗子的语气虽然不开朗，但并不像在电话中听到的那么无力。她只是今天不想喝咖啡吗？深濑打开门，请美穗子进了屋。进屋之后，从玄关旁的盥洗室拿了一条毛巾递给美穗子，请她去里面等，自己在盥洗室换衣服。虽然很想直接冲个澡，但眼前的气氛并不适合这么做。

走出盥洗室，发现美穗子没有打开电视机，而是背对着玄关，跪坐在暖炉桌前。她像第一次来这里时一样，转动着脖子，四处打量着房间。深濑自认为以男人的房间来说，自己家里算整理得很干净，和美穗子上次造访时完全相同。她到底在观察什么？

他反手关上了盥洗室的门，虽然并没有发出很大的声音，但美穗子的后背抖了一下，转头看着他。

“让你久等了，我来泡咖啡。幸运草咖啡店的老板娘……”

“不用了。”

这是美穗子第一次打断他说话。尖锐的语气让深濑忍不住倒吸了一口气。他觉得可能发生了什么与自己无关的事，但是看到美穗子的表情凝重可怕，好像只要针尖程度的刺激，就随时都会哭出来的样子，又觉得也许自己做了什么该受到指责的事，但他毫无头绪。

“怎么了？”

他隔着桌子，在美穗子的对面坐下来问道。他很自然地跪坐着。美穗子皱着脸，好像很费力地挤出声音。

“阿和……你之前说，你以往的人生平淡到很无趣，这是真的吗？”

在刚交往时，自己的确说过这句话。因为他无法像别人那样，完成在像样的餐厅约会这种任何人都应该能够做到的事，当点了满桌的汤和蔬菜，或是在美穗子面前打开皮夹，零钱散落一地时，无法潇洒地收拾残局。为了掩饰自己的窘态，老实坦承了美穗子是他人生中第一个女朋友，但为了避免美穗子因此误会他这个人有什么缺陷，所以用绕圈子的方式告诉她，那并不是因为自己缺乏魅力，而是自己周遭的环境本身很无趣。

“是啊，虽然说起来很没出息。”

下次可以请家里的人把中学和高中的毕业纪念册寄来，让美穗子看一下。在由每个班级自由制作的页面上，深濑勉强挤进了中央集体照的角落。高中的毕业照上，他的脸被前面同学的脑袋遮住了，勉强露出了略宽的额头。不，目前住的地方完全没有任何带着往日回忆的物品，就足以证明以往的人生多么无趣。

“那有没有做过什么……亏心事？”

美穗子目前提出的问题，或许并不是自己和美穗子之间发生的事。这个想法在内心深处萌芽，在雨声的助长下，幼芽不断生长，变成藤蔓在身体内缠绕，深濑陷入一种错觉，觉得自己整个人都被绑住了。

“要不要交一份履历表给你？我的人生虽然没有太多色彩……但也不是空白。”

“那你可以把自己的人生一五一十地告诉我吗？”

“我为什么要这么做？！”

粗壮的藤蔓根猛然断裂，他顿时摆脱了压迫感。摆脱不安很不舒服，就好像下雨的日子，穿着鞋子走进榻榻米房间那样不舒服。

深濑起身走向厨房，因为他觉得如果继续面对面坐在那里，可能会对美穗子出言不逊，但其实他并不清楚自己到底是不想伤害美穗子，还是在避免让美穗子察觉自己内心有不想被人踏入的禁区。

“我还是来泡咖啡吧，我也要喝。对了，我皮包里有一瓶蜂蜜，可不可以帮我拿出来？幸运草咖啡店的老板娘送我的。”

他背对着美穗子说道，从装咖啡豆的盒子里拿出幸运草综合豆的袋子，把咖啡豆倒进手工磨豆机。镇定，镇定。他“嘎吱嘎吱”转动着把手，思考着目前的状况。

美穗子正在质问自己。

自己内心深处，的确埋藏了一件事。

美穗子是在要求自己说出这件事吗？

由于几近无色的人生中，只有一件黑色，而且黑得非常浓烈的事。一旦遭到质问，就心慌意乱地以为必定是这件事，但冷静思考之后，才发现美穗子根本不可能知道那件事，一切都是自己在杞人忧天，差一点儿自掘坟墓。

他察觉到背后有动静，尽可能露出镇定的表情转过头。

“有没有找到？听说是自己手工制作的。”

但是，美穗子递过来的并不是蜂蜜的小瓶子，而是一封信。普通的牛皮纸信封上印着计算机文字。收件人是美穗子，但地址写着“格林面包店”。深濑接过来翻过信封，发现并没有写寄件人的地址和姓名，上面贴了制式的八十二日元邮票，邮戳渗了水，看不清楚。信封其中一侧用剪刀剪开了。

“我可以看吗？”

美穗子不发一语地点了点头。虽然没有特别的用意，但深濑把信封夹在腋下，用挂在流理台旁的毛巾擦了擦双手后，才拿出信封内的信纸。信封内只有一张信纸。A4 尺寸的白色影印纸折成了三折，只有一行直书的黑体粗体字，可以看到里面写的内容。濑和……是不是写了自己的名字？他的心脏剧烈跳动。

在打开纸之前，他看了一眼美穗子。她目不转睛地注视着深濑，眼睛都没眨一下。不知所措无法解决问题。他分别拿着白纸的上下两端打开了。

“深濑和久是杀人凶手。”

心脏剧烈跳动，呼吸几乎无法跟上心跳的速度，但是有另一个自己在一步之远处，用冷静的眼神注视着脸色渐渐铁青的自己。这句话并非毫无预警地出现在自己面前，只是以此作为收场。

同学、同学会、西洋音乐、雨、咖啡、蜂蜜……

冷静的自己在问心慌意乱的自己，难道你完全没有预感到终将会有这么一天吗？难道你从来不曾担心这一天不是出现在不幸的日常生活中，而是在幸福降临的时候吗？

答案是……No。所以不要被吓到了。

“你什么时候收到的？”

"今天傍晚，混在寄到店里的信件中。店长说，偶尔会遇到这种事，有人会写信或是送礼物给在店里打工的女生。店长还提醒我，其中也不乏像跟踪狂的客人，如果信里的内容很奇怪，记得告诉他。但是，我不敢给任何人看，也不敢让幸运草咖啡店的老板和老板娘知道。因为我的心事都写在脸上，一旦去了他们的店，他们就会立刻知道发生了什么事，所以我不敢去，但是，我并不是百分之百相信这种恶作剧。"

可能有变态客人喜欢你，想要破坏我们的感情，才会写这些莫名其妙的谎言寄给你。

现在还来得及面带微笑地这么告诉美穗子，消除她内心的不安，然后把那张纸撕得粉碎。但是，美穗子并没有说，她百分之百不相信，她内心还是对此存疑。相反地，从她踏进这里之后的态度来看，这种想法似乎更强烈。

迄今为止，从来没有发生过任何可以被人称为杀人凶手的事。即使现在斩钉截铁地如此断言，今后还能继续用之前的方式和美穗子相处吗？美穗子或许会从自己的只言片语中寻找是否有可疑之处，为了避免被美穗子发现任何可疑之处，自己必定会谨言慎行，彼此的关系也必将比之前更加疏远。

如果真的想要抓住幸福，就应该据实以告。

会不会是他寄了这封信？愚蠢的想法浮现在脑海，但立刻弹开了。又不是出现在梦中，或是发生了什么匪夷所思的现象，信件是明确存在的东西，死人不可能写信。

对美穗子实话实说吧——

即使决定要这么做，他也仍然产生了犹豫。自己真的能够面对现实，如实地说出真相吗？会不会为了保护自己，最后只是再度重复对警察说过的内容？

答应美穗子，一定会告诉她真相，但今天晚上先让她回家，日后写成文字寄给她。可以在整理那一天发生的事的先后顺序的同时，回顾自己的心情，也可以向美穗子传达更正确的事实。至于美穗子看了之后，会做出如何判断……不是目前要思考的事。

应该这么做。不难想象，如果在说真相时对美穗子察言观色，将会根据她的表情改变说话的内容。

“美穗子，今晚……”

窗外的风在呼啸，好像要淹没深濑的声音。咚——门上传来一阵震动。比空罐更大的什么东西被吹了过来，撞到门上。是脚踏车吗？雨似乎没有变小的迹象。

不可能让美穗子走进狂风暴雨中。今天果然就是这种日子。

“你时间没问题吗？我有事情要告诉你，但说来话长。”

“我没问题。”

深濑想起明天星期四是格林面包店的店休日，装面包的袋子放在桌子下方。对了，幸运草咖啡店的店休日也是周四。也就是说，明天只有自己要上班。他想象着自己忍着哈欠去上班的身影……忍不住“扑哧”一声笑了起来。虽然即将说出重大的事情，但之后仍然是一如既往的日常生活。

“怎么了？”

美穗子委婉地问道，但露出了讶异的眼神。

“不，没事。对不起，在准备告诉你重要大事的时候……我想心平气和地告诉你这件事，可不可以让我先泡咖啡？”

美穗子似乎不太能接受他的回答，但还是默默点了点头，走回了房间。

深濑握着磨豆机的把手，却想不起来刚才转了几次，于是把磨到一半的咖啡豆倒进了流理台内的厨余架。来泡一杯顶级咖啡吧。

他把幸运草综合咖啡豆放回咖啡盒内，拿出了巴西咖啡豆。老板之前自信满满地说，这是在咖啡豆主要产地巴西国内比赛中获得优胜的王中之王。

“这么好的咖啡豆不知道下次什么时候才能进货，所以要在关键时候才能拿出来喝。”连一向很少谈论咖啡豆的老板娘也这么对他说。

泡杯咖啡，这是眼前唯一能为自己做的事。

在名为后悔的黑暗中，注入一道光——

第二章

三年前的夏天——

要不要去斑丘高原？村井隆明向大家提议。

那里因为有一个在长野县和新潟县交界处的滑雪场而出名，村井的叔叔在那里有一栋别墅。深濑第一次在日常谈话中听到“别墅”这两个字，但父亲是县议员的村井在说话时并没有特别炫耀的意思，只是在说一件理所当然的事，所以深濑也并没有感到任何不自在。

七月初的这一天，研讨小组的人难得都聚集在研究室。“听起来很有意思啊。”谷原康生回答后，看着身旁的浅见问，“对不对？”征求他的同意。深濑伸长了耳朵，但视线仍然紧紧盯着计算机屏幕。

他深刻体会到自己周围半径三米以内进行的谈话并不一定包括自己这件事。曾经多次发生当有人说要去看目前热门的电影，或是去新开的拉面店时，他忍不住回答后，对方露骨地问："啊？你也要去吗？"他只好假装突然想起有其他事。

自己是无色的空气人，即使听到有趣的话题，也不可以做出反应，因为别人根本不会邀请自己。他在心里嘀咕着，继续打着空洞的文章，假装正在赶急着要交的报告，其实离截止日期还很久……

"深濑呢？"

谷原指名问道。

"机会难得，大家一起去吧？"

看到谷原爽朗的笑容，深濑迟疑了数秒。如果有相当的人数，比方说，有三四十个人时，自己绝对不可能和谷原属于同一组，他是那种中心人物，开朗机灵，运动能力强，很受欢迎。这样的谷原竟然邀自己"大家一起去"。

"不过，现在是非常时期，所以也不勉强。"

只有谷原和村井获得了所申请公司的内定。对已经被大型商社九条物产录取的谷原来说，也许已经进入了创造大学时代回忆的阶段。村井在亲戚经营的建设公司工作数年后，将担任县议员父亲的秘书，日后计划踏入政坛。

"浅见，你去不去？"

谷原没有追问并未立刻回答的深濑，转而问浅见。

“只要时间在第一次考试之后，我就没问题。”

准备参加教师录用考试的浅见回答道。第一次考试在七月的第四周举行，在中元节前就会知道考试的结果。一旦通过，将在八月二十五日左右举行第二次考试。谷原问他，难道不需要为第二次考试做准备吗？浅见回答说，只是交论文和面试而已，于是出游日期定在八月初。

同样尚未获得内定，如果像浅见那样还没有参加第一次考试，无论问的人，或是回答的人，心情都会比较轻松，但深濑申请的都市银行等大型企业全都榜上无名，即使是谷原，也不好意思问得太直接。广泽的情况也一样。

之前广泽在深濑家里喝咖啡时抱怨，他还在和父母为要不要回老家的事争执，结果发现求职活动已经落后了别人一大截。深濑记得那是他第一志愿的都市银行第二次考试落榜的日子。但是……

“广泽，那你呢？”

“听起来很好玩，真想去啊。”

广泽毫不犹豫地回答。既然广泽要去，那自己……深濑转头看向谷原的同时，谷原再度邀请了他。

“深濑，那你也一起去吧。大家一起乐一下，怎么样？”

“那我也……”

"太好了。"深濑还没有把话说完，谷原就说道。

村井和谷原立刻拿出地图和行事历开始安排旅行计划，最后决定八月第一周的星期二、星期三和星期四去旅行三天两夜。

谷原突然一脸严肃地问村井，夏天去滑雪场要玩什么？村井回答说，附近还有高尔夫球场、滑翔伞和热气球等户外设施，可以先在家里烤肉，不必顾忌左邻右舍闹通宵也很有意思啊。浅见说，白天在家里悠闲地看书也不错，深濑也点头表示同意。广泽提出可以带飞盘去玩，最后决定不管是扑克牌还是优诺牌，只要自己负责保管，任何好玩的东西都可以带去。

如果小学、中学和高中都和这些人读同一所学校……深濑忍不住思考这个问题，尤其如果班上有像谷原这种喜欢把"大家一起玩"挂在嘴上的中心人物带头，虽然有时候会觉得很烦，但至少可以稍微摆脱自己总是在当配角或陪衬的自卑感。

村井虽然很自我，但并不会露出"连他们都邀请"的表情，他并不是那种会深入思考的人。虽然和其他喜欢当老大的人一样，他会把自己的快乐放在首位，但并不会为了维护自己的立场贬低他人。仔细观察之后，深濑发现村井身材、长相、成绩和运动能力并不是特别优秀，但他内在散发的自信，让他看起来比实质更出色。这就是深濑对村井的印象。

虽说是研拟旅行计划，但其实只要决定日期，其他都由村井一手包办。这些成员中，唯一有车的村井愿意提供自己的四驱休旅车，除了没有驾照的谷原和深濑以外，另外三个人轮流开车。别墅内有烤肉的工具，五个人中，唯一住在家里的村井负责准备木炭、铁网和免洗餐具等零星物品。

“真不好意思啊。”

深濑默默听从大家的安排，最后忍不住这么说道。村井想了一下说，那咖啡就交给你了。深濑听了之后，立刻发自内心地期待斑丘高原之行。

旅行当天。

上午九点准时来到集合地点，也就是谷原公寓附近的便利商店时，发现除了村井以外的三个人都已经到了。他刚为自己不是最后一名赶到松了一口气时，就听谷原说，村井昨晚发生了车祸。

昨天晚上，他开车和女朋友约会，在等红灯时，被后方的车辆追撞。幸好村井并没有受伤，但车子被撞坏了，而且他女朋友没有系安全带，头部也受了伤。

“所以行程要中止吗？”

深濑瞥向装了咖啡豆、咖啡滤杯、无纺布滤袋等咖啡用具的袋子问谷原。

“不，他叫我们自己好好玩。”

谷原回头看着停车场内的银色丰田威姿说，那是村井母亲的车子。当深濑打开后车厢放行李时，看到一个很大的手提冰箱。原来村井连烤肉用的肉都为他们准备好了。

“幸好村井没有受伤，他说等所有事都处理完，可能会来和我们会合，所以我们先好好玩。”

担任棒球队队长的谷原好像在给球员做动员一样，大家相互点头后上了车。浅见坐在驾驶座上。

“广泽今年春天才刚考到驾照，我们上高速公路，在路况稳定之前，先由我来开车。”

“不好意思。”

广泽顺从地听从了安排。谷原坐在副驾驶座上，深濑和广泽坐在后车座。

“对了，”深濑打开放在脚下的背包，拿出附有盖子的保温杯说，“虽然我不会开车，但我泡了咖啡。”

“真贴心啊，有没有加糖？”

浅见接过杯子问道。

“加了，也加了牛奶。”

这是根据广泽喜爱的口味调制的。浅见喝了一口，叫了声：“赞啦。”

“给我也喝一口。”谷原把杯子抢了过去，“真的超赞，精神大振。浅见，你要一个人喝完吗？”

“当然啊，才不要分你呢，万一打瞌睡就惨了。”

浅见把杯子抢了回去。“我也准备了预防打瞌睡的东西。”谷原把 MD 放进汽车音响内。一口气喝完咖啡的浅见忍不住吐槽说：“现在哪有人听 MD 啊！”但还是发动了引擎，车内立刻充满轻快的西洋音乐。

天气预报说，今天阴有雨，但天空一片晴朗。虽然发生了村井缺席的意外，但这趟行程的起点很不错。

车上播放着七八十年代的西洋音乐，谷原不停地说着话。也就是在这个时候，他问大家有没有听过 *Surfin' U.S.A.*。在他表达了一大堆音乐是世界和平的口号、充实心灵最强的能量这些对音乐偏颇的爱之后，话题转到了棒球上。

谷原从小学时就是在球场上大显身手的投手，因为肩膀受了伤，所以没有参加大学的棒球社和同好会，而是回老家参加了由以前打少年棒球的成员组成的业余棒球队，每个月都会回埼玉县的老家两次，参加球队的训练。在旅行前一个星期和多年的竞争球队进行了比赛，听说在比赛中发生了戏剧性的事。

“第九局两出局满垒。在这个紧要关头，我竟然紧张起来，感到口干舌燥。我告诉自己要镇定、要镇定，再投一球就好。把球高高举起时，我突然眼前发白，连脑袋也一片空白。当我听到池谷的声音醒来时，已经躺在医务室的床上了。咦？我在投球前昏倒了吗？我慌忙跳了起来，结果我竟然在投球之后，捡起击球手的滚地球，送回了本垒，真是太惊讶了……”

虽然听他提到池谷和其他队友的名字，其他人也不知道那是谁，但谷原说得有声有色，深濑也忍不住附和说：“真是太厉害了。”广泽一脸悠然笑容地听着，只有浅见表达了冷静的意见。

“幸好你现在没问题，但是不是中暑了？你根本不是会紧张的人啊，既然觉得口干舌燥，在脑内剧场配什么旁白之前，要先喝水啊。”

“浅见老师完全正确！学生的健康管理也是老师的工作，但如果当时暂停跑去喝水，场面不就冷掉了吗？人生要有戏剧性，广泽，你说对不对？”

谷原突然问广泽，广泽露出惊讶的表情，但随即轻描淡写地说：“平常心最好。”谷原夸张地耸了耸肩说：“太无趣了。”然后转过头，跟着刚好唱到副歌的音乐，欢快地唱了起来。深濑暗自松了一口气，幸好谷原刚才不是问自己。

太无趣了——深濑知道谷原并没有生气，但既然受邀来参加这趟旅行，就不能有任何破坏对方心情的言行，所以自己会不必要地心情紧张。深濑觉得这句话比说话的当事人想象中更伤人。

广泽露出很受不了的苦笑表情看向窗外，内心是不是很在意？深濑觉得应该说一些活跃气氛的话，顺便可以缓解一下车内的尴尬气氛。

“听说下一个休息站有卖本地名产的炸鸡块，蘸味噌酱汁的味道超赞，电视上也介绍过。”

果然不出所料，谷原最先有了反应，最后决定去那个休息站，顺便休息一下。那是将本地鸡的腿肉放在特制的酱汁内腌制一晚后油炸的鸡块，外面又香又脆，里面的鸡肉肉汁饱满，蘸辣味味噌后食用，四个人买了两包。大家嚷嚷着：“好吃，好吃。”一口接着一口，刚才的“太无趣了”也早已烟消云散。怕烫的深濑必须分三口才能吃完一块炸鸡，广泽一口就可以吞一块。

“广泽，你有没有咬？”

浅见问。

“对啊，每次看他吃东西，都觉得特别好吃。”

谷原抬头看着广泽说道。

深濑看着身高一米八五的广泽，就会想起小时候看的日本民间故事绘本里的大块头。只画了一条线的眼睛分不清是在笑还是在睡觉，村子里的孩子觉得他低能，都看不起他，但这个心地善良、好脾气的年轻人周围总是围着许多动物。虽然这么比喻广泽，自己就变成松鼠或鼬鼠了，但和广泽在一起真的很自在。

回到车上，谷原转头对深濑说："炸鸡块太赞了。"

看到谷原满面笑容地这么说，深濑当然感到高兴，但并不觉得自己做了什么特别的事。既然出门旅行，事先调查目的地和沿途的观光景点、美食信息和热门店家不是理所当然的事吗？只要有计算机或手机，很容易就能查到相关信息，但深濑在吃炸鸡块时发现，自己以外的三个人，事先完全没有对接下来的路线做这方面的调查工作。

"有没有什么好吃的甜点？"

谷原问。深濑告诉他们，下下一个休息站有使用高原牛奶做的顶级布丁。于是他们又去了那个休息站，之后又接二连三地吃了德国香肠、味噌关东煮和菠萝面包。

"差不多该考虑一下晚上的烤肉了吧？"

浅见为简直变成大胃王之旅的状态踩了刹车。深濑起初还为自己事先查到的美食全都被采纳感到高兴，但又不能自己喊停，所以浅见的话简直就是及时雨。

"特产是装在另一个胃里。"

谷原虽然这么嘀咕，但并没有坚持。

"的确吃太多了。"

胃口还绰绰有余的广泽对浅见的意见表示赞同。深濑从来没有看过广泽表达反对意见，他们两个人在一起时也一样，对吃午餐和想看的DVD有分歧时，每次都是广泽让步说，你说的那个听起来也不错。

虽然在休息区吃饱了，但到了长野县之后下了高速公路，慢慢行驶在县道上时，大家不约而同地发现已经过了正午时间，于是开始讨论中午要吃什么。

“有没有什么推荐的地方？”

谷原问。深濑回答说，一千米前方应该有一家名叫“阿尔卑斯庵”的荞麦面店。

“听说可以吃到使用阿尔卑斯天然水的水荞麦面。”

“水荞麦面？虽然从来没听说过，但好像很好吃。”

大家一致同意，但来到有水车转动的荞麦面店下车时，广泽指着来路的方向说：“不好意思，我可以去那家店吗？”

在相距一百米处，有一栋红色三角屋顶的房子。

“那是餐厅吗？既然来到信州，大家一起吃荞麦面啊。”

谷原说。

“我看到招牌上写着斑丘高原猪的炸猪排咖喱。”

“听起来也很好吃，既然是咖喱，那就不劝你了。”

广泽在学生食堂时，每次都吃咖喱。他说只要是咖喱，不要说每天吃，就连三餐连续吃咖喱也不觉得腻。他不挑食，不管吃什么都说好吃，但对咖喱简直到了贪婪的程度，曾经听说他只要知道哪里有好吃的咖喱，愿意花半天的时间专程跑去吃。

“斑丘高原猪”这几个字对深濑也很有吸引力，觉得也可以配合广泽去吃那一家，只是肚子还很饱，荞麦面还吃得下，但没有自信可以吃完一盘炸猪排咖喱。

“我想吃荞麦面。”

浅见说。

“高原猪和天然水的水荞麦面，我也投荞麦面一票。”

谷原回头看着水车小屋。深濑觉得纯朴风格的建筑物也很吸引人，但比起和谷原、浅见三个人一起吃饭，和广泽两个人吃饭更轻松。该怎么办呢？他看向广泽。

“深濑，不好意思，你特地费心调查，你们就去好好享受吧。”

广泽说完，转身跑开了。深濑和谷原、浅见三个人一起走进了荞麦面店。荞麦面太好吃了，三人完全无暇在意自不自在或彼此的交谈。

菜单上只有“水荞麦面”而已。点餐之后，和普通的荞麦凉面无异的荞麦面装在竹盘上送了上来，还附了装荞麦面蘸酱的小碗和装了葱花、山葵的小碟子，旁边还有一个装了盐的小碟子和装了冰水的玻璃碗。桌子旁有一张写着“食用方法”的纸，根据上面写的食用方法，要先将荞麦面放在冰水里涮一下再吃。

“原来如此，所以叫水荞麦面。”

深濑忘了是谷原还是浅见这么嘀咕，虽然对这样的吃法不太感兴趣，但三个人都照做了。

把荞麦面在冰水中涮一下之后送进嘴里，随着冰凉的口感，荞麦面滑进嘴里，嘴巴和鼻子深处都是满满的荞麦香味。在此之前，深濑从来没有意识到荞麦面和乌龙面本身有味道和香味，只觉得是享受面条的口感和嚼劲，以及蘸酱的味道，但这次重新体会到，不，应该说这是第一次体会到荞麦的香气。

食用说明书上写着，接下来要蘸酱吃。带着象牙白的濑户内海的藻盐咸度温润，即使直接吃也不会太咸，用筷子尖蘸一点儿在荞麦面上，吸进嘴里，满满的甜味顿时在嘴里扩散。他终于了解，这才是荞麦面的味道！在吞下去时，真正体会到什么叫作恍然大悟。

食用说明书上写着，之后可以按照各自喜欢的方式食用，荞麦面蘸酱调整了风味和辣度，可以充分衬托荞麦面的香气和味道。虽然走进荞麦面店之前已经吃饱了，但三个人又点了一盘荞麦面。

“太赞了。”

谷原用手机拍了照片，发了电子邮件。浅见问他：“是不是发给女朋友？”谷原回答说，是发给村井。还说刚才在休息区也发给他好几张，但村井都没有回复。

“他没有回复，看来正忙着处理车祸的事，恐怕很难和我们会合。”

谷原一脸遗憾地收好手机，浅见也神情凝重地点了点头。

“希望他可以赶来。”

深濑虽然嘴上这么说，但并不是那么强烈希望他出现。村井可能也事先搜集了美食信息，即使深濑搜集的信息更吸引人，村井也会强烈主张自己的计划，所以眼前的状态刚好平衡。

荞麦面本身的味道就很不错，蘸了酱更是绝品。他们一路聊着走出面店，发现广泽已经站在车旁。他手上拿着手机，察觉到他们三个人的动静，立刻塞进口袋，向他们举起一只手。

“高原猪怎么样？”

谷原问。广泽心满意足地回答说，炸猪排差不多有鞋子那么大，但因为太好吃了，转眼之间就吃完了。

“咖喱很辣，但肉很甜，简直是绝妙的搭配。”

广泽之前无论吃了再好吃的东西，表达方式都很质朴，难得用这种方式称赞食物，可见真的很好吃。深濑正在想象高原猪的味道时，谷原像小孩子一样叫着：“我也好想吃吃看。”

“回程的时候去吃就好了啊。”

浅见说。

“对啊。你为什么没有早一点儿想到？这样一来，广泽就可以今天吃荞麦面，后天大家一起吃猪排咖喱，两样都可以吃到了。”

谷原抬头看着广泽，然后顺便看向三角形屋顶的餐厅，但回程的时候，大家并没有去那家餐厅。

离开荞麦面店之后，由广泽负责开车。因为进入了道路宽敞、车流量也减少的乡间道路。车窗外也渐渐看不到房子，从一片绿油油稻田的田园风景，变成还结着青苹果的苹果园和莴苣田，不时看到一片花田。

即使换人开车之后，坐在副驾驶座上的谷原仍然唱着*Surfin' U.S.A.*。令人惊讶的是，在谷原卖力高歌的同时，广泽也一起哼了起来。

“这首歌和目前的风景不合适吧。”

浅见说话的语气也比平时更轻松。

“视线不要停在山上，要看更上面，要看天空。”

在谷原这么说之前，深濑就仰望着天空。云越来越多，但天空还很蓝。他发现自己放在腿上的手指也敲打着节奏。

老实说，原本不知道这趟旅行有什么好玩的，没想到和情投意合的朋友开车行驶在陌生的土地上，这么令人兴奋。深濑在开着冷气的车内，发现自己的脸颊渐渐红了起来。

为了避免被邻座的浅见发现，他把脸更贴向车窗，在前方看到了休息站。谷原也看到了“斑丘高原牛奶冰激凌”的旗帜，叫着：“我们去吃那个。”广泽将方向盘转向了绿色屋顶建筑物的方向。

“虽然已经来到了信州，但还是好热啊。”

谷原舔着冰激凌说道，但其实坐在户外的桌子旁并不会觉得太热，冰激凌融化的速度也不会比吃的速度更快。

深濑观察四周，发现虽然没有高速公路上休息站的人那么多，但也有不少观光客的身影。除了和自己一样的大学生以外，还有情侣的身影。

“你不买伴手礼吗？”

浅见问谷原。深濑这时才第一次知道，谷原有一个在同一所大学交往了两年的女朋友，整天把“大家”挂在嘴上的谷原，这次并没有问：“大家呢？”

“回程再买，我看到那里好像有市场，要不要去买点儿蔬菜之类的？”

在伴手礼区和美食广场所在的细长形建筑物旁，有一栋像是铁皮屋仓库的房子，挂着“高原蔬菜市场”的广告牌。大家都觉得谷原说得有道理，拍了拍吃完冰激凌后手上的碎屑，四个人一起走向市场。

莴苣、高丽菜、西红柿、青椒……色彩鲜艳的蔬菜看起来都很新鲜美味，价格也都只有一两百日元，大家尽情地把各自挑选的蔬菜放进广泽手中的篮子里。如果住在老家的母亲看到儿子这么爱吃蔬菜，一定会吓到。深濑忍不住觉得好笑。

“看到‘高原’两个字，就会情不自禁拿起来。”

谷原把装了三个鲜红甜椒的塑料袋放进篮子时说道。

“你现在才发现吗？”

浅见笑着回答，把两袋装满了差不多像小孩子拳头那么大的蘑菇放进篮子。“一袋就够了。”谷原把另一袋放了回去。广泽也把五根颗粒饱满的玉米放进了篮子，谷原又加了一袋西红柿说：“这是村井的份儿。”

后方的角落是面包区，排列着许多手工制作的纯朴面包，旁边的手工卡片上写着“自制酵母面包”“使用米粉的面包”。

“要不要买面包当明天的早餐？”

深濑问。谷原回答说：“那明天的早餐就靠你了。”然后亲切地向老板娘打了招呼，老板娘告诉他，伴手礼区有本地酒和本地啤酒卖，谷原显然对酒更有兴趣。深濑目送着谷原和浅见离去的背影，问站在自己身后的广泽，要选哪一种面包，广泽说：“我想趁没忘记时，先去买份伴手礼。”

“哦。”深濑应了一声。广泽把装满蔬菜的篮子交给他，小跑着离开了。之前听广泽说，他打算中元节回家，是要买带回家的伴手礼吗？

深濑决定在没找到工作之前暂时不回家，他无法接受家里认为他自己找不到工作，就托朋友介绍，结果擅自为他在老家附近安排工作的做法。虽然每次接到落榜通知就想要屈服，但绝对不再回老家的想法，成为他持续找工作的动力。

虽然眼前的情况并不是大家放心地交给他处理，而是把这件事推给他，但既然这样，那就选自己喜欢的。深濑把贴着“石窑烤核桃面包”的手写标签、直径有二十厘米左右的圆面包放在篮子里的蔬菜上。

面包货架旁排放着小瓶子，是果酱和蜂蜜。每个小瓶子上都贴着用手随意撕开的和纸，上面用毛笔写着“森川家的果酱”“森川家的蜂蜜”。小农的名字比“高原”两个字更吸引人。深濑这么想着，拿起一瓶果酱。紫色的果酱应该是蓝莓，但瓶子上并没有写水果的名字。他推测红色的是草莓酱，黄色的是苹果酱，最后把苹果酱的瓶子放进了篮子里。

他决定再买一瓶蜂蜜。蜂蜜和果酱不同，只有一种，看起来像焦糖酱的深褐色蜂蜜似乎凝聚了阿尔卑斯的大自然精华，他很想当场舔一口。

他又拿了一瓶写着“珠江奶奶的色拉酱”的瓶子放进篮子里，因为这瓶色拉酱使用了姓名加奶奶的无敌名字。最后，他发现忘了买最重要的东西。当他拿起“珠江奶奶的烤肉酱”的瓶子时，谷原、浅见和广泽一起回来了。

结完账，把东西放进后车厢后，谷原关上车门说：“太完美了。”但浅见发现高山后方的西侧天空出现了乌云。

“听说山里的天气变化很大。”

大家并没有太在意，但还是立刻坐上了车，希望在下雨之前赶到别墅。浅见再度坐在驾驶座上。

在平地行驶了一会儿，重峦叠嶂的山脉渐渐出现在眼前。经过几个坡度缓和的蜿蜒坡道后，他们来到了一个小型温泉街。这里也是知名的滑雪胜地，有好几家拉下铁门的滑雪用品出租店。穿越温泉街后，看到了“斑丘高原滑雪场”的招牌，虽然路标显示要在数米前方左转，但车子仍旧笔直前进。

“再开一小段路，就有通往高手滑雪道的路，我们要沿着那里上去。”

浅见握着方向盘说道。村井的母亲平时可能只在家附近开车，所以这辆“威姿”上没有卫星导航，但浅见沿途都没有迷路，也没有停下来查地图，应该事先仔细研究了路线。

“既然在滑雪场建别墅，可见滑雪技术一定很好，如果周围都是小木屋，可能会住得很不自在吧。”

谷原打开窗户。

“哇，好凉噢。”

深濑也打开窗户，凉爽的风吹在脸上。他们关了车上的空调，打开了所有的窗户。灰色的云在天空中越聚越多，空气中也可以感受到湿度，但绝对不会不舒服。道路两侧都是高大的针叶树林，感觉好像是在享受森林浴。

道路两侧不见房子，看到一片森林时，出现了一块小型广告牌，上面写着“西斑丘高原”。车子转向了广告牌指示的左侧方向，转过一个又一个看不到前方的弯道，每转弯一次，道路就变得狭窄一点儿。深濑虽然不晕车，但如果视线不固定在远方，就会觉得头晕。最后缓缓地转过一个大弯道后，右侧的视野终于开阔起来，下方是一片陡峭的悬崖。

“万一有对向来车怎么办？”

谷原握紧安全带，隔着风挡玻璃看向悬崖下方的谷底问道。沿着山间斜坡开凿的狭窄山路靠悬崖那一侧虽然有护栏，但不知道是否曾经被车子冲撞，好几处都凹了下去，让人完全无法安心。深濑庆幸自己坐在副驾驶座后方靠山的那一侧，偷偷松了一口气，以免身旁的广泽察觉，但如果整辆车坠入山谷，坐哪一侧都会马上完蛋。

“你说的话通常会成真，所以可不可以稍微安静一下？”

浅见看着前方说道。

“好啦好啦。”谷原把汽车音响的音量也调小了。

“不知道别墅有没有电。”

广泽说。

“听说东西一应俱全，所以应该没问题吧。虽然路况不太好，但既然通往滑雪场，电力应该没问题。”

谷原回答。

“那就好，因为我刚才发现沿途完全没有路灯。”

听广泽这么说，深濑也意识到这件事。如果晚上才能到，开车就更难了。

“啊！”谷原叫了起来，“这里收得到信号，虽然只有一格。”

谷原把手臂伸向后车座，出示了手机屏幕。深濑也松了一口气，好像终于确认了救生索。

“浅见，你放心吧，即使发生车祸，也可以打电话叫JAF[①]。”

“我不是叫你别说这些吗？”

浅见有点儿生气地对开玩笑的谷原说道。

不一会儿，令大家一度陷入恐慌的山路终于变成可以让两辆车子会车的宽度，弯道也变得缓和了。两侧不再是森林，可以看到红棕色的单人吊车，当然没有运转。

车子原本就开得很慢，浅见更加放慢了速度。

“看到吊车后，驶入左侧的第一条岔路，是不是这里……”

车子驶入没有铺柏油的岔路，看到山坳处建了一栋蓝色三角形屋顶的房子。那就是村井叔叔的别墅。

---

① JAF：日本自动车联盟。

车子开进有屋顶的车库停好后，谷原用村井交给他的钥匙打开了玄关大门。

深濑当初听说要来非热门季节的滑雪场别墅，以为室内必定积满灰尘。不知道村井叔叔家是否才刚来这里住过，还是请清扫业者来打扫过，无论地板还是家具都擦得很干净。一按开关，电灯就亮了。

“村井说，他叔叔的卧室等禁止进入的房间都上了锁，所以只要能够打开的房间都可以使用。先把东西都搬进来吧。”

听到谷原这么说，四个人接力把各自的行李袋和食材搬了进来。雨滴打在脸颊上。

“幸好早到一步。”

浅见发自内心地松了一口气说道。深濑对自己只在出发之前提供了一杯咖啡，就一直让浅见开车产生了些许罪恶感。

“开车辛苦了，我来准备晚餐，你去休息一下。”

听到深濑这么说，浅见笑着说：“那就交给你了。”然后再度仰望着天空说：“烤肉恐怕无望了。”虽然四点才刚过，但天空暗得好像快天黑了。

没想到厨房的桌子上放着电烤盘，周到的准备简直令人感动。

“台风好像今晚会在关东登陆。”谷原在厨房隔壁有暖炉的宽敞客厅内打开电视说道。电视屏幕上的天气图显示整个日本东部都慢慢被雨云笼罩。

“我们趁台风之前赶到，很幸运啊。”

深濑说，其他三个人都点着头。

事后深濑为这句话感到后悔。因为运势很强的谷原说的话会成真，运气向来很差的深濑说的话，事态就会向相反的方向发展。电视画面切换到受到狂风暴雨袭击的静冈的渔港，雨声和窗外的声音合在一起。“这里也开始下大雨了。”谷原说着关掉了电视。

深濑正想问要不要泡咖啡，这时谷原说：“我看还是不要去外面比较好。时间有点儿早，现在我们来准备晚餐，喝个痛快。”

深濑走去厨房。谷原对浅见和广泽两个人说：“开车的人去睡觉。”但广泽说，自己刚才并不算是开车，也跟着走进了厨房。

“哇，这些肉超赞的。”

谷原打开村井交给他的手提冰箱说道。向来和高级肉无缘的深濑，也一眼就可以看出那是高级肉。带着漂亮油花的牛肉切成烤肉用大小，整齐地排列在B4尺寸的黑色塑料盘子上，总共有五盒。

“我以后看到村井，要叫他村井大人。”

谷原对牛肉膜拜，深濑和广泽也合着双手说：“我也要，我也要。”然后放声大笑起来。“你们好像玩得很开心啊。”浅见也走进了厨房，最后四个人一起做准备工作。

谷原和浅见打开罐装啤酒，轻轻干杯后开始做事。深濑想起没有买任何饮料，但想到这里的自来水应该很好喝，所以并没有太在意这件事。

深濑在剥洋葱皮时，广泽利落地切着彩椒。谷原和浅见为到底该用手撕高丽菜，还是用菜刀切争执了一番，最后决定同时准备烤肉用（手撕的）和生食用（菜刀切的），立刻解决了这个问题。大家不知不觉地哼起了长时间开车时听的音乐，边哼歌边做事。浅见一脸严肃地说，他怀疑研讨小组的指导教授山本戴了假发，大家都哈哈大笑起来。

广泽也笑了。

照理说，应该可以笑着度过暴风雨的夜晚。

准备晚餐时，谷原和浅见按各自的速度喝着啤酒，谷原喝了三罐，浅见喝了两罐。餐桌上的烤肉已经准备就绪，当他们按照在研究室时的座位顺序坐下后，谷原从厨房冰箱里拿来四罐啤酒，利落地放在各人的面前。

深濑道谢的同时，不禁懊恼地想，如果能够立刻伸手拿冰凉的啤酒来喝，不知道有多开心。谷原和浅见并没有看到他的表情，各自拉开了啤酒罐的拉环。

“来，干杯。”

谷原拿起啤酒时发现深濑和广泽并没有拿啤酒。

“不好意思，我、不能、喝酒。”

广泽满脸歉意地双手合十说道。“我也不行。”深濑也做出了相同的动作。之前两个人单独吃饭时，广泽都没有喝酒，深濑一直以为是在配合自己，没想到广泽也不能喝酒。他这才想起他们从来没有聊过能不能喝酒这件事。看到现场能喝酒和不能喝酒的人各占半数，深濑暗自松了一口气，觉得不必为这件事感到抬不起头。

“什么意思啊？那大家来这里根本没有意义嘛。”

谷原语带不满地说道，把自己的啤酒罐重重地放在木桌上。深濑听到“咚”的声音，忍不住缩起了身体。“你不要这样说啦。”浅见安抚着他。谷原打断了浅见说：“唉，真是没劲。”

“对不起。”深濑小声说道，但谷原似乎没有听到，他把矛头对准了广泽。

“广泽吃午餐时也单独行动。一下子想吃咖喱，一下子不能喝酒，这已经不是我行我素，根本是以自我为中心。”

“这是体质问题啊……”

广泽尴尬地看着桌上的一个点嘀咕道。

“你说什么？”谷原用比他大一倍的音量问道。

“别激动，别激动。”浅见劝解着，转头看着深濑问，“你不是不能喝，只是没喝过，对不对？”

“不……”

浅见说的好像深濑从来没机会和同学聚餐，这让他感到有点儿莫名其妙，但如果真是这样，不知道该有多好。深濑回想起过去，他从来没有想到过自己的体质不能喝酒。父亲酒量很好，每天晚上都会喝啤酒和日本酒，深濑也知道好几个牌子的酒。有时候听同学说，他们的父亲会偷偷给他们喝酒，但深濑从来没有这种经历。

他在满二十岁的新年回家探亲时第一次喝啤酒。叔叔和婶婶带了成人式的贺礼来家里，留在家里一起吃晚餐。叔叔在深濑的杯子里倒了啤酒说，今天不必拘束，开怀畅饮一番。深濑听到端菜上来的母亲轻轻“啊”了一声，觉得母亲还把他当成小孩子，于是猛然拿起杯子，把一大口啤酒咕噜一声喝了下去。

啤酒很苦，并不好喝，但并不是讨厌的味道，有点儿像第一次喝黑咖啡时的感觉。

他决定接下来要慢慢喝，品尝一下味道。就在这时，肚子周围突然发痒。他一只手伸进运动服的下摆，轻轻抓了一下，觉得发痒的部位渐渐扩散。到底是怎么回事？他放下杯子，双手掀起衣服的下摆，只听到婶婶发出尖叫声。

肚子上出现了斑驳的颜色，好像用指尖蘸了红白的颜料胡乱画在肚子上，而且转眼之间，就扩散到后背和脖子上，红色渐渐多于白色，在全都变成红色时，强烈的瘙痒感袭向全身，好像电流贯穿，他痒得只能满地打滚。

父母虽然关心地询问，但并没有惊讶，也没有慌张地叫救护车。深濑猜想自己年幼时，父亲应该给他喝过酒，或是自己误把酒当成茶或水喝了下去。由于当时也出现了相同的症状，所以父母已经习惯了。正因为这个，高中毕业之后，在迎接二十岁生日之际，父母都没有叫他喝过酒。

既然这样，他希望父母可以早点儿告诉自己。如果只是身体表面发痒，只要抓到流血，或许就可以舒服些，但这种好像有数百条菜虫在皮肤下五厘米、十厘米的地方蠕动的感觉，只能难受得满地打滚。父母不停地给他喝水，呕吐之后，好不容易才安静下来。

他简略地说明了这些症状。

“虽然很难想象，但好像后果很严重。”

谷原说他最怕菜虫，他抖着身体，摸着手臂。

“早知道应该买些无酒精啤酒，至少应该买瓶可乐。”

浅见一脸歉意地看向大冰箱的方向。立志成为教师的他，似乎为自己没有想到各人体质不同这件事感到懊恼。

“那也没办法，虽然有点儿无聊。那你们两个人就喝水，我们重新干杯。”

谷原似乎也不再坚持要他们喝酒。没想到……

“那我还是喝酒吧。”

广泽拿起啤酒罐，打开了拉环。深濑觉得“咔嗒”的声音缓和了室内的气氛。

“你不必勉强。”浅见关心地说，然后转头征求谷原的同意，“对不对？”对啊，别喝了。深濑虽然没有说出口，但露出这样的眼神看着广泽。

“没关系，刚才听了深濑的话，觉得不好意思用相同的理由拒绝。我只是喝了之后会马上想睡觉，也许等一下完全没办法帮忙收拾了。”

广泽说完，把啤酒罐举到眼前。

“那我也是一样啊，浅见酒量很好。至于收拾，明天再一起整理就好。那就来干杯。”

谷原也举起了啤酒罐，浅见也跟着举了起来。深濑装模作样地拿起了啤酒罐。

“为山本研讨小组的同学和……夏天，什么都没有的斑丘高原的前途，干杯！”

四个人用啤酒罐干了杯。虽然只发出沉闷的声音，但在深濑的记忆中，这个场景配上了好像轻薄的香槟杯在清澈的空气中相碰般的声音。

宛如青春剧中的一个场景。

吃了一块肉之后，干杯前不平静的气氛立刻烟消云散。即使深濑没有深切地诉说自己无法喝酒的理由，广泽不勉强喝酒，气氛变得更加恶劣，应该也没问题。

深濑在平时深深体会到好喝的咖啡能够让人心情平静，但此刻咀嚼着肉，深刻体会到好吃的肉可以让人雀跃，自然地展露笑容。油花分布均匀，口感香甜的肉在舌尖上融化，滑进喉咙深处，让人忍不住希望肉可以在嘴里多停留片刻。

“这可能是我这辈子吃过的最好吃的肉。”

谷原好像舞台剧演员般夸张地说。深濑和其他两个人也同意这句话，一边吃着肉，一边用力点头。

“这样好像很对不起村井。”

广泽把肉吞下去后说道。

“他不能一起参加的确很可惜，但如果是因为这些肉，就不必放在心上。他家经常吃这种肉。”

谷原继续大口吃着说。

“是吗？会不会是因为大家一起出来玩，所以他特地去买了高级的肉？”

浅见看着装了肉的盘子。这不是附近超市卖的肉，深濑突然担心村井会不会事后要求大家平摊买肉的钱。大家一起来村井亲戚家的别墅，但没理由连食物都要由村井准备。

“你们想太多了。啊，对噢，只有我去过他家。晚餐竟然吃整套的大餐，吓死我了。”

谷原说。

“那搞不好是因为你去他家玩，特别为你准备的。”

“即使这样，会吃整套的大餐吗？如果你们来我老家玩，我妈即使铆足全力，最多同时把寿喜烧、炸猪排、炸鸡块摆在桌上。”

“我家也一样，还会加一道咖喱。”

广泽说。他在干杯之后，几乎都没有喝啤酒，但不知道是否有点儿醉了，说话的语气比平时更兴奋。“你家果然有咖喱。”谷原苦笑着说完，起身去拿新的啤酒。

“我妈做的是寿司卷，因为觉得最好有肉，所以做了棒状的汉堡排，然后一起做成寿司卷，结果最受欢迎，之后就变成只有汉堡排寿司卷了。”

浅见眯起眼睛，充满怀念地说着，从谷原手上接过啤酒。

“汉堡排寿司卷吗？听起来很好吃，深濑，你家呢？”

广泽问。深濑家在中元节和新年，桌上也会摆满佳肴，但根据大家刚才的谈话，似乎必须回答请同学来家时吃什么。如果是这样，他不知道该怎么回答。自己有邀同学回家的经验吗？他不记得曾经邀同学在家里吃饭，也没有受邀去同学家吃过饭。到底什么时候会邀同学来家里？生日呢，还是圣诞节？

“我们家应该是寿喜烧，或是烤肉，但当然不是这么高级的肉。还有生鱼片，都会请附近的鱼店送来。”

无奈之下，他只好说了亲戚来家里做客时的菜单。

“新鲜的生鱼片，好棒啊。真希望毕业之前，轮流去每个人的老家一趟。”

谷原说道。谁都没有反对，但也没有具体讨论这件事。深濑毕业后的工作还没着落，当然不可能回老家，更不可能和已经被大企业录取的同学一起回家。深濑觉得广泽应该有同感，瞥了他一眼，发现广泽正仰头喝着啤酒，似乎把整罐都喝空了。

他们不时地观察外面的天气，天南地北地闲聊着。谷原有点儿遗憾地说，可能没办法玩滑翔伞和热气球了。浅见回答说，雨声慢慢变小了，天亮之前应该就会停吧，但他们没有人看电视或手机确认天气情况。

大家都吃得很专心。不光是肉好吃，在沿途的休息站买的蔬菜也毫不逊色。吃了一大堆肉之后，以为吃饱了，咬了几口甘甜的洋葱和味道浓郁的甜椒，又再度想吃肉了。

“是不是这个酱汁特别好吃？”

谷原拿起生的高丽菜，蘸了大量酱后咬了起来。

“真的耶，要不要买几瓶带回家？”

浅见拿起酱汁的瓶子，打量着标签。

“上面没写使用了什么材料。”

“这样才好啊，不是吗？可以增加手工制作的感觉，也有家传秘方的味道。我也要带回家，光靠这种酱汁，就可以吃三碗白饭。”

“别说这种穷酸话，你的梦想不是要成为有钱人吗？”

“说对了！我要住在有游泳池，还有用人侍候的大房子里，每个周末都要开轰趴。生日的时候要请职业歌手来家里为我唱一首歌。”

虽然听起来像小学生的梦想，但深濑觉得已经被大型商社录取的谷原，也许在不久的将来，真的会实现这样的梦想。之前在电视上还是哪里听过上班族派驻海外的生活，和谷原说的差不多。

“谷原，你读小学的时候，不是在国外住过三年吗？”

广泽问道。

“是啊，因为我爸的工作去了美国。”

谷原的父亲在中坚家电制造商工作，在谷原小学二年级到五年级的三年期间，带着全家到海外工作。

“当时公司对他说，如果一个人去，要去五年，如果带全家，就只要三年，所以就全家一起去了。”

听到爱达荷州，立刻联想到洋芋片、很大的城镇，但听说是很乡下的地方，和邻居家通常都相隔好几千米。那里没有日本学校，谷原连英文字母都写不好，就被送去当地的小学。班上另一个日本同学的家里，就过着谷原未来梦想的生活。

“那个同学送我一张镶着金框的邀请函，问我要不要去他家参加轰趴。我以为是他生日，结果带着礼物上门，才发现并不是这么一回事。我问他，为什么要开轰趴，他竟然说，开轰趴需要理由吗？”

谷原不知道是否在模仿当年的同学，歪着脑袋，嘟着嘴说话。

“搞不好那个同学也在九条物产，结果还是和你同一个部门的前辈。”

浅见调侃道。小学同学是公司的前辈？深濑这时才知道谷原曾经重考一年。

“这样也很好玩啊，这次轮到我邀请他来参加轰趴。对了，浅见以后想当老师，你们未来有什么梦想？”

谷原轮流看着深濑和广泽问道。深濑觉得他既不像在揶揄自己工作还没着落，也不是在表示同情，只是在问儿时的梦想。广泽似乎也有同感。

“我想当棒球选手。”

“嗯？广泽，你高中时不是排球队的吗？”

深濑问道，似乎在炫耀自己知道得很清楚。

“咦？我没告诉你吗？我在中学时是棒球队，高中原本也打算继续打棒球，但人数不足，而且球队也很弱，结果我还在犹豫，排球队就向我招手，所以就加入了排球队。”

原来是这样，深濑点了点头。自己脑袋里好像有个人资料的档案，立刻补充了这笔资料。这种感觉浮现在他脑海里。

“在我肩膀受伤之前，我也认真想当职棒选手，然后和女主播结婚。深濑，你的梦想是什么？”

“我的梦想……”

深濑并不是因为突然被问到而答不上来。当时他的目标就是要离开老家，为此努力用功读书。他无论如何都不想回老家，所以申请了总公司在东京的大企业，但这些应该无法称为梦想。

他并不是没有兴趣爱好。他很喜欢阅读，但并没有想过要成为作家，或是去出版社、书店工作。为什么自己从来没有想过把兴趣当成工作？……应该是想为自己留好退路。

“你从来没想过要做与咖啡相关的工作吗？”

广泽问。

“对啊，深濑的咖啡绝对可以赚钱，你也很有数字概念，开咖啡店应该会生意很好。”

浅见说。

“好主意，如果离我很近，我每天会去光顾。即使距离很远，一旦有这种地方，毕业之后，我们这些人还可以再聚在一起。”

谷原也表示赞同。深濑想象着小咖啡店，素净色调的店内只有一张吧台，眼前这几个人坐在吧台前。不，还有一个人……

这时，电话铃声响了，好像在呼应深濑的幻想。是谷原的手机。

“村井打来的。”

谷原看了手机屏幕后，对他们三个人说道，然后接起了电话。在想到别墅外时，觉得雨声特别大。

虽然听不到村井在电话中的说话声，但从谷原回答说“哦，你已经到那里啦”得知他正赶来别墅这里。深濑、浅见和广泽同时看向已经吃空的肉盘，露出“惨了”的表情互相看着，耸了耸肩。

“没办法去接你啦，浅见和广泽都已经喝了酒。”

谷原拿开电话，快速向他们说明了情况。村井已经到了“西斑丘高原站”。

“你可以搭出租车啊，没有？那可以叫车啊。我们帮你分摊出租车钱。”

谷原断然拒绝了村井的要求，但村井似乎在发牢骚。

“他说那里是无人车站，商店全都拉下了铁门，四周一片漆黑，而且车站的候车室还在漏雨。”

谷原对浅见说。可能回想起刚才来别墅的坡道，觉得如果要开车去接村井，只能拜托浅见。浅见一副用力皱着眉头，似乎在说“饶了我吧”的神情，然后提出了另一个方案。

“只要回到前面那一站‘斑丘高原站’，应该比较容易叫车，也有地方可以打发时间。”

谷原把浅见的话转达给村井。

“要等一个小时？那太惨了。”

谷原说话时不时瞥向浅见，浅见故意移开了视线。

“等车可能有点儿受不了，你还是叫出租车吧，从这里开车去接你，和你等出租车的时间应该差不多。”

谷原安抚着村井，但村井似乎动了怒。你们以为自己在谁家的别墅，开谁的车去那里的？我还准备了高级的肉。听到这些，谷原看着已经吃空的盘子，叹着气说：“我会叫浅见或广泽去接你……好啦，我知道了，我会告诉广泽。”

谷原说完，挂上了电话，然后一语不发地轮流看着浅见和广泽，似乎在问，你们谁要去接他？

“我没办法。”

浅见说。浅见面前有四个啤酒空罐，杯子里还有路上买的葡萄酒。

“但天气这么恶劣，路况又差，广泽应该没办法吧……没关系啦，你喝这点儿酒，根本像喝开水一样，而且也完全看不出来。”

“如果临检做酒测，马上就完蛋。”

“在这种乡下地方，而且这种天气，怎么可能有酒测临检？”

“没有人能够百分之百保证没有，而且正因为是这种天气，警察可能会因为发生土石流而疏导交通，我绝对不去。”

“你想太多了，而且是这次搞定所有一切的村井在拜托你。”

“即使这样，也不能毁了我的未来啊。”

浅见强硬的态度让谷原闭了嘴。深濑也知道浅见对教师这份职业的热爱，谷原应该更清楚。深濑想起读小学时，好像有一位老师因为酒驾遭到惩戒免职处分。深濑回想起隐约留在遥远记忆中的报纸第三版的报道。

“那你打电话给他，说你没办法去接他。”

“这……”

“你说你在考试期间绝对不能酒驾，村井应该能够接受吧。”

深濑也认为应该这么做，但浅见似乎不太愿意。他低下了头，然后抬了起来……

“广泽，你可不可以去？”

他一脸歉意地拜托广泽。

“这——”

深濑被自己大声说话的声音吓到了。浅见和广泽都有驾照，但两个人都喝了酒，浅见刚才已经说明了在这种状态下开车的风险，他拜托和他条件完全相同的广泽，显然认为自己和广泽不一样。

哪里不一样？对未来抱有梦想，而且即将实现梦想的人，和没有梦想，也不可能实现梦想的人。浅见根本看不起广泽，认为没有特别想做的事，也还没有找到工作的广泽，万一酒驾被警察抓到，也不会失去太多。如果深濑有驾照，即使喝了酒，浅见也会像拜托广泽一样，叫他开车去接村井。

开什么玩笑！他很想这么说，但他不敢说这种话。因为自己没有驾照，所以没有资格在目前的讨论中表达意见，但是，应该还有其他方法。虽然这样有点儿像在欺骗村井，但可以打电话到出租车行，请他们派车去“西斑丘高原站”。他觉得这个主意很不错，正想要这样提议。

“那我去。”

始终不发一语的广泽说完后站了起来，说话的语气就像刚才吃饭时说“还想再来点儿甜椒，我去切”一样轻松。

没问题吗？深濑正想问广泽，被谷原打断了。

“谢啦，太好了。要注意安全，慢慢开没关系，而且村井刚才说，如果你去接他，回程他可以开车。沿途都是下坡，应该没问题。”

深濑很想叹气说，开车不是骑脚踏车。

“我会联络村井，说你会去接他。”

谷原话还没说完，就开始传电子邮件。

“钥匙在哪里？”

广泽问。

“在我行李袋的口袋里。”浅见站了起来，刚才他一个人休息时，似乎已经把行李袋拿去二楼的卧室。

“我想洗一下脸，盥洗室在哪里？”

“啊，在那里。”

谷原站起来，带着广泽走了出去。房间内只剩下深濑一个人，他感到很不自在，坐在那里毫无意义地东张西望，看到了厨房流理台旁的保温杯。应该是浅见刚才把放在驾驶座杯架上的保温杯带了进来。

深濑走去厨房，在单柄锅里装了水，放在瓦斯炉上，然后去客厅的袋子里拿了泡咖啡的器具后装好。一杯份的热水立刻煮沸了。看到谷原回来找毛巾，深濑推测有足够的时间，于是用无纺布滤袋慢慢滴滤。

“广泽，钥匙给你。”玄关传来浅见的声音。深濑发现广泽从盥洗室直接走去玄关，慌忙追了过去。

“广泽！”

他对着坐在门框上、正在绑球鞋鞋带的广泽的后背叫了一声。可能洗了脸之后感到神清气爽，广泽转过头时，脸上已经没有刚才的紧张表情了。

“这个给你。”

他递上保温杯。

“你为我泡了咖啡吗？”

“对不起，我只能做这点儿事。”

广泽伸出大手接过杯子，打开饮用口，眯起眼睛嗅闻香味后，“啪”的一声关了起来。

“开车的人真占便宜，谢谢啦。”

说完，他站了起来，打开了厚实的木门。

“路上小心。”

深濑说道。站在深濑身后的浅见说：“不好意思啊。”谷原轻松地说：“不要打瞌睡啊。”在房子内以为雨已经渐渐变小，但一打开门，哗哗的激烈雨声立刻和凉意一起扑了进来，好像在显示自己的存在。

“那我走了。”

广泽举起一只手露出微笑，立刻走出门外，反手关了门，似乎避免雨打进室内。不一会儿，听到引擎的声音，随即好像被吸入雨中般听不到了。

留在玄关的深濑、浅见和谷原有点儿尴尬，彼此互看了一眼后，立刻移开了视线，但不能就这样傻傻地等广泽和村井回来。

“肉都吃光了，所以还是收拾一下吧。”

回到饭厅，浅见巡视着四散的残骸说道。

“是啊。”

深濑把手边的盘子叠了起来。有事可做比较能够分心。谷原也把盘子拿去流理台，看到了深濑放在那里的咖啡器具。

“不好意思，我马上来收。”

“不，你不用收了。”

谷原说。深濑一脸讶异地看着他，但觉得他说这句话并不是埋怨自己。

“可不可以请你用原本打算明天早餐吃的面包，为村井做点儿三明治之类的，给他当消夜？他刚才说商店都关门了，他到这里之后，如果抱怨肚子饿，我们会很伤脑筋。”

原来是这样。深濑立刻开始着手准备。他利落地把咖啡器具挪到一旁，把流理台让给他们洗碗，拿着菜刀、切菜板和食材走去餐桌。默默做事很不自在，他打开了客厅的电视。台风似乎在关东地区登陆，电视中播放着各地的影像。因为他调大了音量，浅见和谷原应该也都听到了。

深濑听着东海道新干线停驶的新闻时，听到谷原对浅见说："村井竟然可以赶来这里，搞不好会被迫停在半路，结果我们还叫他自己叫出租车，他当然会火大，我们还是得有点儿心理准备。"

"让他尽情骂个五分钟，他心情就痛快了，你不要中途打断他。"

他们两个人似乎很了解和村井的相处之道。深濑起初还有点儿羡慕，面带笑容地听着他们说话，但默默低头做事时，残留在内心的疙瘩再度膨胀。

既然这样，就做好挨骂的心理准备，让村井叫出租车不就好了吗？真不该留在这里。想到这里，深濑觉得自己应该和广泽一起去。

为什么刚才没有想到？只要接村井一个人，即使深濑一起去，也完全没有任何影响，而且，那辆车子可以坐五个人，大家可以一起坐车去接村井。虽然后车座坐三个人有点儿挤，但大家一起坐在车上开心嬉闹，根本不会在意这种事。与其在这里担心村井心情不好，不如大家一起去接他，不是可以当场解决问题吗？

下这么大的雨，大家都一起来接你。深濑可以轻易想象谷原摆出一副以恩人态度自居的样子这么说话，如今要广泽一个人面对村井的怒气未免太可怜了。广泽是代表大家去接村井，村井不至于直接责备广泽，但回来的路上，可能会提到烤肉的事。如果村井问，我那一份肉，应该有留下吧？广泽该怎么回答？广泽甚至不知道深濑正在做三明治。

“呃……”他转头看向谷原和浅见，他们醉意已消，正利落地收拾着。谷原把餐具放回碗柜，浅见正在洗电烤盘的铁板。

“嗯？”回答的是谷原。

“要不要传电子邮件给广泽，说我们为村井准备了消夜。”

没必要直接传电子邮件给村井，暗示他肉已经吃完了。

“好啊，否则村井可能会要他先去便利商店。”

听到谷原的回答后，深濑暂时中断制作三明治，传了电子邮件给广泽。

“开车辛苦了，我正在为村井做三明治，也准备了你的份，敬请期待。”

深濑继续做三明治，并没有收到广泽的回复。广泽在连续发夹弯的坡道上开车，没有回复也很正常。深濑完全没放在心上。

三个人分别整理完毕、做完消夜后，深濑在谷原的要求下，泡了三人份的咖啡。在广泽和村井回来之前，大家都无法心情悠然地喝酒。

三个人拿着马克杯坐在客厅的大沙发上，彼此保持了微妙的距离。谷原操作着电视遥控器，一脸无趣地抬头看着墙上的时钟说："只接收得到 NHK 吗？"墙上挂的是古董挂钟，但并不会报时，深濑发现已经晚上九点多了。广泽离开别墅时，他没有看时间，应该已经过了一个小时。

"他们差不多快回来了吧？"

浅见说。三个人的视线很自然地看向玄关的方向。这时，谷原的手机响了。

"是村井。"谷原一边说，一边接起了电话。

"什么？一个小时前就出发了啊，没打电话回来，应该要到了吧？你再等一下。"

谷原说完，立刻挂上电话。村井似乎很生气，谷原很受不了地耸了耸肩。

"还没到？会不会太奇怪了？从这里到'西斑丘高原站'只要开二十分钟，即使放慢速度，也不需要开一个小时。"

浅见事先调查了周边的地图，也了解车站的位置。

"会不会搞错了，去了'斑丘高原站'，我刚才是不是说'西斑丘高原站'？"

谷原在说话时，用手机查了地图，发现沿着坡道下山后，转向白天来时的方向，就会开去"斑丘高原站"。

"不管他开去哪个车站，如果没看到村井，就会打电话啊。"

浅见说。

“会不会中途遇到土石流，禁止通行，所以又折返回来？”

深濑也说出了想到的可能性。

“即使这样，也应该会和我们或村井联络啊。”

“广泽有没有带手机出门？他在重要的时候经常忘东忘西，搞不好他这次旅行根本没带手机出门。”

“他带了手机。”

深濑想起走出荞麦面店时，看到先吃完饭的广泽手上拿着手机。

“那我们就别说废话了，先打电话给他。”

手上还拿着手机的谷原拨打了广泽的电话。

“……您拨打的电话已关机，或是无法收到信号。”

谷原挂上了电话。

“我记得那个坡道上可以收到信号。”

谷原的声音渐渐不安起来。

“但并没有沿途一直确认，搞不好中途有收不到信号的地方。也许在哪里……熄火了。”

深濑的脑海中浮现出另一个画面，但他并没有说出口。

“会不会……在谷底……”

“别说了！”

浅见尖声打断了谷原的话，深濑吓得身体忍不住抖了一下。

“对了，我记得车库里好像有脚踏车？”

浅见冲出客厅，连鞋子都没穿好，就冲出了玄关。谷原和深濑追了上去。深濑这才发现雨已经停了。光是雨停了这件事，就稍微缓和了内心的不安。车库后方有两辆登山车，幸好都没有上锁，而且轮胎也有气。

“我去看看。”

浅见说完，把前面那辆脚踏车推了出来，骑在车上。

“喂，别乱来，沿途连路灯都没有，太危险了。”

谷原试图制止他。

“万一广泽受伤了怎么办？”

浅见坚持己见。

“真拿你没办法，那我也去。”

谷原也握住了脚踏车的把手。

“等一下，我……”

深濑想说他也去，但已经没有脚踏车了。

“因为只有一条路，所以应该没有问题，但万一和广泽他们擦肩而过就伤脑筋了，所以你留在这里。”

谷原还没有说完，浅见说了声：“走了。”就骑了出去，谷原也跟了上去。两个人的身影宛如消失在黑暗中不见了。深濑觉得好像一个人被留在森林深处，急忙走回屋里。

挂钟“嘀嗒嘀嗒”的声音传入耳中。刚才也这么大声吗？他抬头瞪着挂钟，但时间的流逝并不会改变，他觉得好像即将发生不幸的事，正在倒数计时，所以把电视的音量开大，试图盖过挂钟的声音，但是，他完全不知道电视在演什么。

大家回来的时候会笑着说：“就在半路上遇到了啊。”村井开玩笑地说：“没想到竟然骑脚踏车来接我。”谷原扮着鬼脸回答：“还不是为了你。”广泽一脸不好意思地抓着头发说：“我不小心迷路了。”“幸好都平安无事。”浅见松了一口气，对大家说。这些想象一次又一次在脑海中重演。自己会为大家泡咖啡。要不要再多做一些三明治？虽然这么一来，明天的早餐就没了。

他走去厨房时，手机响了。是广泽？他兴奋起来，但屏幕上显示的是村井的名字。四月的时候相互交换了电话号码，但村井从来没打过电话给他。他清了清嗓子，接起了电话。

“喂？到底是怎么回事？车子到现在还没来，谷原和浅见也都不接电话。”

深濑告诉他，谷原和浅见骑脚踏车去查看情况了。

“别真的出什么车祸，我可是好说歹说，我妈才肯借我车子。”

听到村井只担心车子，深濑很生气。不知道是否因为深濑没有说话，让村井更烦躁，他在电话中说：“烦耶！我叫出租车，你通知其他人一下。”

村井说完，挂上了电话。一开始这么做不就没事了吗？深濑很想把电话摔在地上，但他用力喘着气，让自己的心情平静下来。既然村井搭出租车来这里，假如广泽陷入了困境，他会比骑脚踏车的那两个人更容易被发现。

他拿着电话，拨了广泽的手机，只听到电话中传来“您拨打的电话已关机，或是无法收到信号”。

刚才浅见把脚踏车推出来时，自己为什么没有伸手去推另一辆？无所事事让他极度不安。他把面包切片，培根切片，西红柿和小黄瓜也都切片，然后撕开莴苣，不停地做三明治。只要全部做完，他们就会回来。他在内心祈祷。然而，当他慢慢把最后一片面包放上去，放进盘子里，既没有听到车子的声音，也没有脚踏车的动静，更没有另外几个人说话的声音。

也许大家会合之后，村井发牢骚说，晚餐才不想吃什么三明治，大家一起去吃拉面了，也可能去了白天广泽一个人去吃炸猪排咖喱的餐厅。虽然这样一来，就变成自己被遗弃了，但他此刻很希望事情就是如此。

这时，电话响了。这次应该是广泽了。他一把抓起电话，发现屏幕上显示了浅见的名字。他接起电话，内心祈祷可以听到浅见说他们顺利会合了。

“我们暂时无法回去。”

浅见一开口就这么说道，然后用没有起伏、好像只是向不熟的同学传达事项的淡然口吻，向他说明了情况。

在坡道途中的悬崖弯道时，看到了车子撞破护栏跌落的痕迹。山谷谷底很黑，看不清楚下面的状况，但似乎有什么东西烧了起来。刚才已经报了警，警察还没赶到，所以无法了解详细的情况。无论是不是广泽发生车祸，都无法马上回去。

“我也去那里。”

深濑大声叫着。浅见静静地对他说，太危险了，不要乱来，然后挂上了电话。但是，深濑还是冲出了别墅。

他在黑暗的山路上跑啊跑，拼命地奔跑，最后仍然无法见到广泽。

天亮之后，太阳高挂在天空上时，才确定在谷底发现的那辆着火车内的尸体正是广泽。深濑虽然跑得快昏倒了，但还是来不及看到广泽的尸体。

第二章

一大早去负责区域内的私人医院送完影印纸后回到公司，泡了咖啡。十点的点心时间早就过了，离午餐时间也还早，但大家分别停下手上的工作，拿着马克杯排队，似乎表示随时都可以喝咖啡。深濑为了煮第二轮咖啡，把第一轮的第一杯让给了排在最前面的同事，从自己桌子下的皮包里拿出装咖啡豆的袋子。

当他把第二轮的咖啡倒进杯子回到自己的座位时，先喝咖啡的邻座女同事问他：“今天的咖啡豆是？”深濑记得她喝的是第二轮的咖啡。

“肯尼亚和巴西的综合豆。”

“啊哟，难得混合了两种咖啡豆，是在开发新口味吗？”

“不，只是觉得偶尔试试也不错。”

深濑含糊其词地回答后喝着咖啡。原本担心两种咖啡豆会抹杀彼此的优点，没想到单品好喝的咖啡，混合之后也好喝，而且今天使用了巴西的王中之王咖啡豆，希望大家能够比平时更加好好品尝，喝第一轮肯尼亚咖啡豆单品的人也一样。

因为下次可能无法再买到这种等级的咖啡豆了。之所以将咖啡豆混合，是因为专程为公司同事买的咖啡豆快用完了，所以补充了自己从家里带来的咖啡豆。今天是他不再踏进幸运草咖啡店的第九天。

自从那天晚上向美穗子坦承广泽由树车祸的事之后，他就不曾再去过那家店。

暴雨打在狭小的公寓房间窗户上，美穗子突然把写着“深濑和久是杀人凶手”的纸递到他面前。虽然他做好了将摧毁以往生活的心理准备，才向美穗子坦承了一切，但隔天早晨，他仍然照常上班。

隔天，隔天的隔天，以及周末后新的一周，他都一如既往地上班，把客户订购的办公用品送上门，送新的商品目录给自己所负责区域的客户，顺便检查办公机器，也会被客户叫去换复印机的碳粉，和之前的生活没什么两样。

大雨数度淹没深濑的声音，每当美穗子露出听不太清楚的表情时，深濑就提高说话的音量，但当他在黎明时分说完整件事时，雨也停了，一直到今天都是大晴天。三天前，听到天气预报宣布梅雨季节结束。开车时，隔着公司车的风挡玻璃看到的天空一天比一天蔚蓝，似乎正式宣告夏天的来临。

在等待信号灯时，有时候会怀疑那天晚上发生的事只是一场梦，但随着咖啡豆的量逐渐减少，让他知道这一切是真实发生的。

也许美穗子会轻视自己，也许会骂自己很过分。他内心当然有这种不安，但仍然抱着一线希望，相信美穗子能够了解他。

只要正确地说出那天发生的事，把自己的自卑，以及因为自卑而格外珍惜和广泽之间的友情这一切毫无隐瞒地告诉美穗子，觉得她应该会对自己说这些话，甚至期待她可以安慰自己。

阿和，你没有错。其他三个人或许都必须负一点儿责任，但那只是令人难过的意外，你当然更不可能是杀人凶手。

然而，现实并没有这么美好。美穗子在听深濑说话时，始终不发一语，甚至没有清一下嗓子。中途深濑感到口渴，喝着冷掉的咖啡时，她也没有说话，只是目不转睛地注视着深濑。她的双眼就像她面前那杯完全没有喝过一口的黑咖啡表面一样清澈。她的眼中看不到轻蔑和嫌恶，这令深濑渐渐感到安心，把很想忘得一干二净的往事说到最后，没想到……

“我来泡新的咖啡。”当深濑伸直了跪坐的双腿站起来时，美穗子用没有感情的声音说："不需要。"然后仰头直视着站在那里的深濑说：

——你明知道你朋友喝了酒，开车技术不好，天气不好，那里的路况也很不好，你在了解所有这一切的基础上送他出门，不是吗？而且特地为他泡了咖啡。我认为……这不能称为无罪。

因为美穗子说话的语气太淡然，深濑起初并没有意识到她在指责自己。"这不能称为无罪"这句话在脑袋里重复了无数次之后，他才终于能够开口说话。

——但也不至于被称为杀人凶手。

——你朋友……广泽的父母知道多少？

——全都告诉他们了。虽然很痛苦……除了喝啤酒这件事以外……

——有所隐瞒，就是有罪的证据。

深濑这次真的哑口无言，但他并不是感到垂头丧气，而是内心气愤不已。

你懂什么？难道你以为大家暗自窃笑着故意隐瞒吗？难道你以为我们见到广泽的父母时，一脸若无其事的样子吗？我只是没有说出来而已。

车祸发生后，警察向深濑、浅见、谷原和村井四个人了解了情况。四个人一起说话的时间不超过五分钟，却不约而同地隐瞒了广泽喝酒的事，也没有从警方口中听说广泽被烧死的尸体内有酒精反应。

广泽去车站接晚一步赶到的村井，因为只有浅见和广泽两个人有驾照，浅见喝了酒，所以由没有喝酒的广泽开车去接。说明完这些情况后，村井说早知道自己应该叫出租车；浅见说，既然村井有可能赶来，自己就不应该喝酒；谷原说，早知道应该建议村井叫出租车，三个人都表达了内心的后悔。根本不是这么一回事！虽然深濑在内心大喊，但在旁人眼中，他只是不停地啜泣。

因为他觉得如果自己说“我当初无论如何都应该制止广泽”这句话就太卑鄙无耻了。

四个人在警察局内见到广泽的父母时，相同的一幕再度上演。广泽的父母面对儿子突然死亡，只是低头不语，完全没有责怪他们四个人。广泽的父亲只嘀咕了一句：“不孝子……”虽然不知道是不是因为听到这句话，谷原突然跪在地上说：“真的很抱歉。”深濑大吃一惊，村井和浅见也立刻跪了下来，深濑也慌忙跪在很脏的地上，低下了头。

广泽的父亲立刻叫他们抬起头。深濑缓缓地抬起头，但马上再度低下了头。因为其他三个人仍然低着头。也许从那一刻开始，就已经觉得自己根本没有过错。

——由树的最后一天过得开心吗？希望他吃了好吃的

东西……

听到广泽的父亲这么说，谷原猛然抬起头。

——他吃了很多好吃的烤肉，沿途买的蔬菜也很好吃，还有，他吃了高原猪的炸猪排咖喱！

谷原回想着广泽吃的食物，哽咽地回答道，好像在重温愉快的时光，好像用手指抚摩着广泽还在的时间。在休息区之后吃的是……谷原停顿了下来，深濑立刻接口说：

——菠萝面包。

一说出口，他立刻想起广泽大口咬面包的样子，视野模糊了。

他并不想告诉眼前的女人这些事。美穗子可能发现了他冷漠的表情，也许觉得他豁出去了。

——对不起。

美穗子说完后起身走向玄关，只回了一次头。

——我无法说出你想要听的话。

美穗子打开门的背影和广泽那天的身影重叠在一起。虽然两个人的个子、肩膀和头发的长度完全不同，但他觉得他们的背影都在对自己说相同的话。

直到最后，你都没有挽留……

虽然他不认为美穗子会把这件事告诉别人，但觉得一旦去了幸运草咖啡店，老板娘就会察觉他们之间的嫌隙，所以也就不敢上门了。因为万一老板娘问，发生了什么事？他无法回答任何话，更不希望老板娘问美穗子。

虽然同时失去了女朋友和休憩的场所这两大重要的人和事物，但每天的生活几乎没有改变。因为他已经习惯了这种日常生活，所以能够故作平静，只是回到原来的生活而已。然而，有一件事他无论如何都想不通。

到底是谁寄了那封信给美穗子？

“深濑……”

他把喝完咖啡的马克杯放在桌上时，坐在对面的同事叫着他的名字。

“刚才接到订单，请你下午马上去楢崎高中送货。”

浅见该不会也收到了？他突然浮现这个念头。

原本以为是浅见想要找自己，所以故意订购一些根本不急着需要的文具，但确认了订货单之后，才发现订购人是木田瑞希。订购的是四百字的稿纸，难道要学生写暑假阅读心得？

深濑在感到泄气的同时，也暗自松了一口气，像往常一样开车去了楢崎高中。

美穗子离开后，深濑思考着那封信的事。到底是谁，为了什么目的寄那封信？是不是暗恋美穗子的人为了拆散深濑和美穗子，调查了深濑，结果查到了那起事故？即使不了解详细情况，当几个人一起出游，其中一名成员死亡，用这种方式套话就足够了，对寄信的人来说，这一招的成果出乎意料。

但是，他又想到其他可能性。是不是山本研讨小组的四名相关成员都收到了类似的信？想要确认的话很简单，只要传电子邮件问浅见，有没有收到奇怪的信就好，然而，深濑之所以没有联络任何人，是因为当自己失去重要的东西时，他们并不是可以倾诉的对象。如果只有深濑遭到恶整，他们并不会表达同情，或安慰他。

深濑决定遇到浅见时，也要假装若无其事。他自我激励后打开了教师办公室的门，发现浅见并不在办公室。木田站了起来，以一副等了很久的样子小跑过来。

“可以请你拿去印刷室吗？”

说完，她推着深濑的背，反手关上了办公室的门。小纸箱里装了五袋稿纸，每袋一百张四百字稿纸，完全可以当场交接，但深濑还是被她推着走进隔壁的印刷室。木田在走廊上东张西望，似乎在确认四下无人，然后关上了印刷室的门。深濑比平时更大声地说：“这是您订购的商品。”同时把夹在腋下的纸箱交给了她。公司开朝会时，几乎每个星期都会提醒业务员，要努力避免言行招致误会。然而，木田完全没有确认纸箱里的东西，就把纸箱放在旁边的复印机上，向深濑逼近了一步。

“浅见老师有没有告诉你那件事？”

木田压低了声音，脸上的表情并不像是热衷八卦，而是真心为浅见担心。深濑暗自觉得果然不出所料，虽然浅见并没有告诉他任何事，但是不入虎穴，焉得虎子，所以他做出配合的表示。

“像是信……之类的事？”

“没错！你不需要对我隐瞒，因为我在现场目睹了一切。”

难道浅见的信寄给了木田吗？虽然深濑这么想，但总觉得不太可能。浅见和木田不像在交往，而且木田刚才说“现场”。

“太奇怪了……我只知道有人对他搞恶作剧，但并没有听说具体是什么事……而且这也不是电话中可以说得清楚的事。”

“浅见老师对你也说是恶作剧吗？根本不是这么轻松的事，真的很恶劣。”木田说完这句话后又叮咛了一句，“千万不要说是我告诉你的。”然后示意深濑在旁边的铁椅子上坐下，自己也在对面坐下，说了浅见遇到的事。

“浅见康介是杀人凶手。”

除了名字，完全相同的内容和印在A4白纸上这两点都和深濑的情况相同，只不过这次并不是寄给和浅见有关的某个人。浅见住在本县单身教师的公寓，他的车子停在停车场，被人用胶带贴了十张告发文，几乎贴满了整个风挡玻璃。

“而且还用酒淋在上面。”

深濑瞪大眼睛，忍不住微微探出身体，慌忙转动着肩膀，用力眨了几次眼睛，希望木田没有察觉。

“酒？是日本酒，还是啤酒之类的？”

“根据味道和纸的颜色判断，我想应该是啤酒。浅见老师立刻撕了下来，也用水清洗了车窗，所以我没有百分之百的把握。”

在浅见晚上九点从学校回到家之后，到隔天早上七点二十分出门上班期间，被人在车上贴了这些告发文。几乎在相同时间走出家门的木田看到浅见在撕那些纸。

“你看看这个。”

木田把手机拍的照片出示给浅见，那是那些纸被撕下之后，丢在车子旁的残骸。

“除了我以外，还有好几个这个学校的老师看到了现场，大家都说最好报警处理，但浅见老师说只是恶作剧而已。为了以防万一，不是应该留下证据吗？所以我趁浅见老师去装水的时候，拍下了照片。”

对浅见来说，被学校的同事怀疑比被女朋友怀疑受到的伤害更大，而且不止一个人看到了，他搞不好会因此丢饭碗。

“浅见……有没有说什么？”

“什么都没说，感觉他虽然知道是谁干的，但因为想要一肩扛下责任，所以在袒护那个人，其实我们也猜到是谁。”

“是谁？！”

深濑微微站了起来，探出身体。木田吓得连同椅子一起后退。

“这件事真的不可以告诉别人噢。虽然我不方便透露名字，但上个月，有一个学生遭到停学处分……”

值班的浅见在巡逻时，看到有学生放学后，在社团活动室喝啤酒。虽然木田没有说社团的名字，但似乎是运动社团内相当活跃的学生。因为不久之后将举行县赛，所以社团的顾问和班导师都拜托浅见，希望他睁一只眼，闭一只眼，但浅见不答应，在教职员会议上提出这件事，决定对该名学生做出停学五天和不得参加县赛的处分。

“那个学生可能有机会进入全国大赛，听说学生家长下跪拜托，说即使延长停学时间也没关系，希望可以让学生参加比赛，会不会发现这一招不管用之后，就用这种方式报复浅见老师？”

“浅见不是当场看到学生喝酒吗？还是有其他学生强迫他喝酒？”

木田摇了摇头。那一阵子，运动社团的学生很流行在练习后喝无酒精啤酒，学校方面也准备在教职员会议上讨论这件事，但因为有更多重要的议题，所以认为无酒精啤酒和果汁差不多，暂时搁置了这件事。楢崎高中并没有禁止学生在校内喝果汁等清凉饮料，或吃零食。

"学生辩解说，只是拿错了饮料，不小心带来学校。家长态度强硬地说，如果学校禁止学生带无酒精啤酒，就不会发生这种事了。"

深濑从电视上也听过"怪兽家长"这个名称。

"但最后还是做出了处分吗？"

"按照以往的规矩，发生这种事，整个球队都无法参加比赛，甚至我们学校所有运动队都无法参加近期比赛，因为一旦传到校外，一定会变成新闻，所以这次已经做了最轻的处分。校长和那些主任这么安抚家长，他们才终于离开了，大家觉得这次的事很可能是挟怨报复。"

"校长和主任他们知道恶作剧的事吗？"

深濑原本以为浅见不在办公室只是去上课而已，此刻内心渐渐产生了不安，但木田的表情很开朗。

"他没说，我和其他老师也没说，但我想他应该很担心。"

"那当然啊，被写成杀人凶手，谁都会担心。"

"啊？这和写笨蛋、白痴没什么两样，所以他并没有太在意，他说搞恶作剧的人应该只是故意用夸张的字眼。"

深濑惊讶不已，渐渐感到后悔。原来可以这么轻松化解这件事。

"但是，在车子上倒酒不是很恶劣吗？有的老师说，搞不好原本打算放火，也有人认为，可能想嫁祸浅见老师酒驾，但我想酒驾不可能，因为我们学校的老师都知道浅见老师不会喝酒，有太多证人了。最可怕的还是纵火，虽然我房间离浅见老师的房间很远……”

“呃，请问……”

木田担心有人纵火，但深濑发现一个疑问。

“怎么了？”

“不……我只是在想，当老师真辛苦。”

深濑发现这个问题并不需要确认。

“是啊，但是……”这次是木田探出身体，对深濑咬耳朵说，“嫌犯真的只有学生或家长而已吗？”

原来这才是她真正想要问的话，深濑看着木田的脸。虽然木田对浅见有好感，但从她的眼睛深处看到了美穗子看自己的眼神中所没有的东西。那是好奇心。其实她根本不需要什么稿纸，之所以指定下午立刻送过来，应该是想趁浅见不在办公室时，可以和深濑聊这件事。

“这我就不清楚了，我和浅见只聊工作的事……”

“真的吗？会不会是他和前女友分手，那个女人纠缠不清？”

深濑原本心生警戒，以为木田会碰触到他不愿意碰触的部分，没想到木田竟然怀疑这种无聊的事，反倒有点儿失望。

“原来如此，女人太可怕了。”

深濑明知道这不是对方想听的答案，但还是这么回答，这时，长裤口袋里的手机响了。那是收到电子邮件的声音。他没有确认是谁传来的电子邮件，就对木田说，自己还有其他工作，转身走出了印刷室。虽然木田叫他等一下，但他故意假装没听到，木田也没有追上来。

一看手表，距离下课不到五分钟，但深濑没有等浅见下课，就离开了校舍。

回到车上，打开手机一看，是村井传来了电子邮件，上面写着，想见面聊一聊。他立刻想到，村井也收到了那个。他并没有感到惊讶。既然自己和浅见遭到告发，被说成是杀人凶手，村井和谷原当然也无法避免。

即使如此，深濑仍然不觉得自己和其他三个人同样有罪。虽然如美穗子所说，自己送了广泽出门，但他并不认为自己同罪。虽然不认为自己同罪，而且告发信上并没有写杀了谁，也没有写时间、地点，但看到“杀人凶手”这几个字，还是立刻想起了广泽的车祸。就连罪责最轻的自己都这么想，浅见不可能认为是学生或家长干的。

然而，浅见并没有直接告诉深濑，深濑反而收到了村井的电子邮件。

之前收到村井为了广泽的葬礼和法事的相关事宜发的群组信，但这次应该只寄给深濑一个人而已。电子邮件中还写着：

"我会去离你家最近的车站。"这是车祸那天晚上之后，村井第一次单独联络深濑，而且，包括在大学期间，深濑也从来没有和村井单独见过面。

为什么他要约自己见面？这是第一个疑问。

如果村井收到了暗示那起车祸的告发文，照理说应该会找所有人，或是深濑以外的那两个人见面……他慌忙踩了刹车。连他自己都不知道是因为看到了红灯，还是想到了村井只找自己的理由。他的腋下流着冷汗。

他会不会以为是我写了那份告发文？

深濑把车子驶入最近的那家超市停车场。看到"杀人凶手"这几个字，村井应该也想到了广泽的车祸，但是，那起车祸以意外结案了，如果有人称之为杀人，必定是了解真相、自己以外的另外三个人，所以，最可疑的就是……和广泽关系最好的深濑。村井完全可能这么认为。

也许谷原和浅见也知道村井约深濑见面。我去好好训他一顿，深濑不难想象村井发豪语的样子。也可能虽然是村井出面邀约，但实际见面时，发现其他两个人也在场。

如果村井产生了这样的误会，就必须澄清。

深濑回复村井说，今天见面也没问题。

和第一封电子邮件所写的内容相反，村井约在深濑从来没有搭过的电车路线沿线车站前、一家不起眼的居酒屋见面。虽然环境不是很干净，但都是包厢房间，感觉这里的消费并不便宜。深濑向服务生报上了村井的名字，立刻被带到最后方的包厢。

深濑战战兢兢地脱下鞋子，走进日式包厢，村井已经到了，正无聊地玩着手机。他发现深濑后，举起一只手向他打招呼说："嘿！"他看起来并不像杀气腾腾的样子。

"对不起，我迟到了十分钟。"

深濑看着手表道歉，村井似乎并不在意。

"没关系，你是下班后过来的吧？来这里要换好几班车，我也找了好久，才刚到而已。"

村井似乎也是第一次来这家店，桌子上也没有饮料。

"对了，"坐在小桌子对面的村井压低声音，探头过来问，"你来这里的途中，有没有遇到公司的人？"

原来是这么一回事，深濑终于恍然大悟。村井挑选这家店，是为了避免遇到各自的熟人。

"不，没有。"

深濑也压低声音回答。

"那就没问题了，我们一起点饮料和下酒菜。"

村井打开菜单，立刻点了四道菜。深濑也挑选了两道不需要费工夫的料理，按了桌子上的按钮叫服务生。村井点了大杯的生啤酒，深濑点了乌龙茶，然后点了综合生鱼片等六道菜。村井端起先送上来的大杯生啤酒说：“辛苦了。”深濑慌忙拿起杯子，和他干了杯。

因为在包厢内，所以别人看不到包厢内的情况，但如果旁人看到这一幕，一定觉得他们是好朋友。深濑有点儿不知所措，因为他无法把握和村井之间的距离感。村井丝毫不在意这些事，一下子问他的工作情况如何，一下子又提到听说深濑和浅见经常见面，最近总部的复印机也有点儿不太灵光，不然干脆向深濑买一台新的，还要深濑算便宜一点儿，他滔滔不绝地说着话。当菜送上来时，村井说：“用筷子直接夹没关系。”还把自己面前的菜夹到深濑的小碟子里。

村井以前也这样吗？深濑努力回想村井学生时代的样子，但脑海中只浮现村井在事发当天的样子。深濑想象他在电话的那一头坚称无论如何都要开车去接他的样子，脸上没有笑容，也没有体谅他人的表情，只是一个自私任性的家伙。

六道菜都送上来后，村井放下了筷子。

“你的表情真严肃。”

“啊？”

深濑一只手摸着脸颊，似乎想要放松脸部肌肉。

“你收到那个了吧？”

“你在说什么？”

“不必隐瞒了，你的那个是寄给谁？”

寄给谁？村井似乎和浅见不同，并不是贴在家或其他东西上，也许和自己的情况比较相像。深濑决定据实以告。

“女朋友工作的地方。”

“你交了女朋友吗？太惨了，竟然向你女朋友揭发你是杀人凶手。”

除了姓名以外，告发文的内容应该也一样。

“但是，如果对象是你女朋友，可以巧妙掩饰，而且只要好好解释，女朋友也能够谅解，比我的情况好多了。”

深濑无法告诉他，自己并没有获得女朋友的谅解。

“村井，那你呢？”

“我爸的竞选总部。”

村井的父亲下个月就要参加县议员选举，在家附近的郊区国道旁租了一个大型铁皮屋作为竞选总部，那张A4大小的纸就贴在竞选总部的玻璃窗户上。从众目睽睽这个角度来说，他的情况和浅见的更相像。

“应该是在半夜干的，天亮后总部的人到了之后，因为玻璃窗户上贴满了‘必胜’的纸，所以直到中午之后才发现。想到不知道有多少人看到，就感到不寒而栗。”

深濑抱着双臂，点了点头。自己的情况是只有美穗子看到，就已经有点儿惊慌失措了。

"结果怎么样？"

"包括我爸在内，都认为可能是竞选对手干的，后援会的大叔气势汹汹地说，必须去报警。但后来认为如果将纸上所写的内容公之于众，反而对我爸不利，所以这次就作罢了。"

"大家都接受了这种说法吗？"

"怎么可能？怎么可能嘛。所谓八卦，不就是会添油加醋，然后控制在刚好传到当事人耳中的程度吗？传得最凶的，就是我在中学或高中时，是霸凌的首谋，被害人自杀了。只要那些人打开计算机搜寻一下，就知道那只是妄想而已，因为我和同学都开开心心地一起毕业。话说回来，如果不是遭遇这种事，无法了解原来别人平时都是这么看自己，虽然我根本不想了解。"

村井一口气把大杯的啤酒喝完了，没有按桌上的按钮，直接打开薄薄的拉门，叫了一声："再来一杯啤酒。"在新的啤酒送上来之前，深濑故意不看村井，吃着桌上的菜思考着。

村井是霸凌的首谋，导致霸凌对象自杀。如果不是当事人自己解释，深濑很可能会相信这是真的，但是，村井当时邀了研讨小组的所有成员一起去别墅玩。

啤酒送了上来，村井放在桌上之前，先一口气喝了半杯，然后重重地放在桌上。虽然他说话很强势，但这件事想必给他造成了很大的压力。

"这个很好吃，趁热吃。"

他把原本放在自己面前的樱花虾天妇罗端到村井面前。村井夹起一大块天妇罗，没有放在小碟子里，直接送进了嘴里。

"你爸有说什么吗？"

村井和深濑、浅见的情况不同，村井收到的告发文将对他父亲造成重大伤害。

"他在竞选总部的人面前一副无所谓的态度，但回到家后把我找去问，那起车祸真的是意外吗？"

"他是问……广泽的事吧？"

村井点了点头。深濑对村井还没有开口，他的父亲就主动提到车祸的事感到惊讶。即使深濑的父母收到同样的告发文，但会想到儿子同学车祸那件事的概率几乎等于零。

但他转念一想，觉得这也并不意外。因为斑丘高原的别墅主人是村井的叔叔，发生车祸的车子，车主又是村井的母亲。尤其因为车子是撞破护栏坠落谷底，警方很可能会因怀疑刹车不灵等车辆维修不良的问题而进行调查，和其他成员的父母对这件事的关注程度不一样。

"如果从整体角度来说，我或许是杀人凶手。早知道不要叫他们来接我，我自己搭出租车去就好；或是前一天虽然发生了车祸，但我并没有受伤，应该一大早和你们一起出发。更进一步来说，如果当初不邀大家去别墅玩，就什么事都不会发生了，要后悔的话，有一大堆事可以后悔，但这并不至于要背负一辈子的罪过吧？”

村井继续喝着啤酒，深濑对此感到不舒服。

村井说的话并没有错。要说后悔，如果村井或广泽没有参加山本研讨小组，就不会有这些事。再退一步来说，如果当初读其他大学……如此一来，就会永无止境。曾经有一段时期，深濑告诉自己，所有的这一切，都称为命运。但是，这些大道理无法消除他内心突然涌现的感觉。

因为村井虽然嘴上说后悔，但这和他大口喝酒的行为并不一致。

广泽死后，深濑曾经多次看到村井喝酒。一年前，参加广泽三周年忌日之后，在广泽的老家和他父母一起吃饭时，村井也喝了酒。

虽然研讨小组的其他成员是造成儿子死亡的相关人员，广泽的父母还是热情款待了他们。广泽的父母虽然不知道广泽死前喝了酒，但知道在那么恶劣的天气、路况极差的情况下，却让刚考到驾照的广泽去接村井。如果当初没有和这几个人一起出游，儿子就不会死。照理说，广泽的父母应该最痛恨他们，没想到却在亲戚和广泽的当地朋友之外，另外准备了丰盛的佳肴招待他们。

村井坐在广泽的父亲旁边，在杯子里的啤酒喝了一大半之后，拿起啤酒瓶，相互倒酒。

——由树只要喝一杯就会倒头大睡。

广泽的父亲突然说道。深濑、浅见和谷原都沉默不语，只有村井若无其事、语带开朗地说：“但他可以吃好几碗咖喱饭。”

——每次吃咖喱，就会想到广泽。

村井说完之后，还告诉大家，他在女朋友家吃完女朋友做的咖喱之后，忍不住想起广泽，因为之前听广泽说，咖喱还是自己家里的最好吃，结果他女朋友很生气，问他是不是在和前女友比较。广泽的父亲擦着眼泪说：“那真是给你添麻烦了。”广泽的母亲哽咽地说，只是普通的家常味道，然后拿起空啤酒瓶走去厨房了。

深濑也有很多关于广泽的回忆，除了咖喱以外，还有加了蜂蜜的咖啡，以及落语的事，却完全无法说出口。虽然广泽的父母准备了寿司和炸鸡块等大量菜肴，但他觉得不好意思动筷子，只能小口吃着每个人都有一份的醋腌章鱼小黄瓜。坐在他旁边的谷原好几次伸出筷子夹放在中间的菜，狼吞虎咽地吃了起来。浅见虽然没有大快朵颐，但也没有放下筷子。桌上的菜很快就减少了，深濑觉得其他人应该节制一点儿，没想到村井甚至提出了更厚脸皮的要求。

——吃了这么多丰盛的佳肴，再说这种话很失礼，但我真想尝尝伯母做的咖喱。

也许他的言下之意，是想要说下次还会再来，但广泽的母亲按照字面的意思接受了他的请求。她从厨房抱着冰过的啤酒走进来后，立刻打开瓶盖，为村井的杯子里倒酒时说：

——那你们等一下过来吃晚餐，我等一下就来做咖喱。好不好？好不好？好不好？好不好？

当她看着每个人的脸问“好不好”时，没有人能够拒绝。因为他们原本这一天就要住在广泽家附近车站前的商务旅馆，广泽的父母也知道这件事。

他们先回到旅馆，傍晚再度前往广泽家，还没到广泽家门口，就闻到了咖喱味。广泽家在可以俯瞰整个城镇的高地上，去他家时，必须爬上一个陡坡，他们的脚步越来越沉重，但闻到咖喱的味道后，脚步自然加快了。广泽小时候闻到这个味道，一定急忙跑回家。深濑一路想象着这些事，来到了广泽家。

当时，村井也一边吃咖喱，一边和广泽的父亲一起大口喝着啤酒。深濑根本不需要说话，当时还暗自感谢村井，但今天为什么会感到不舒服？

因为深濑得知浅见戒了酒。

深濑发现浅见在参加法事时没有喝酒，原本以为他在广泽父母的面前节制而已，但今天才知道，原来他在其他场合也完全不喝酒。这代表他向广泽的父母道歉说，如果当时自己没有喝酒，就不会发生这样的遗憾这句话，完全是发自肺腑的。

这才叫后悔。他很想这么对村井说，但是村井注视着深濑。

“深濑，你觉得是谁干的？”

村井压低嗓门儿问道。深濑完全忘记来这里时，还担心村井怀疑是自己干的。

“不知道。老实说，我一直希望和那起车祸无关，很希望是暗恋我女朋友的人随便乱写一通，试图破坏我和她的感情。但今天得知浅见和你也遇到了相同的情况，就不能找这种借口了。”

“你见到浅见了吗？”

村井惊讶地问。深濑把在楢崎高中发生的事简单扼要地告诉了他。但深濑同时也感到惊讶，因为他以为村井早就知道了浅见的事。

“那谷原呢？”

“不知道，我没有为这件事联络过他，我猜想他应该也受到了某种方式的伤害。”

没想到他和谷原之间竟然没有联络。深濑再度思考着村井今天约自己见面的理由，最后觉得理由其实很简单，因为村井认定自己最闲。

“除了我们几个人以外，在旁人眼里，那是百分之百的意外……你觉得是我们四个人中的某个人干的吗？”

深濑才刚松了一口气，一个直球就飞了过来。

“怎么可能？做这种事根本没有意义啊。”

“那就不知道了。也许想要借由这种方式，搞清楚内心的怀疑。”

村井露出意味深长的眼神看着深濑后，拿起了筷子。

“是、是谁？什么怀疑？”

深濑问。村井把筷子悬在半空，好像在用筷子打拍子般动了几下之后开了口。

“比方说……我记得是二年级的时候，浅见当家教被解雇了，好像是家长抱怨他和学生合不来，所以要换其他家教。之后刚好是广泽接了那份家教，那个学生和广泽很合得来，听说还顺利考上了志愿高中。”

深濑听广泽说过，他有一段时间当家教，但并不知道和浅见有关。也许是顾及浅见的面子，但对浅见来说，那必定是一段屈辱的经验。

“所以你认为浅见讨厌广泽，那天故意叫他去接你吗？太可笑了。”

深濑回想起浅见发现广泽的电话不通后担心不已，毫不犹豫地骑上脚踏车冲向黑漆漆山路的背影。当时的行动很难想象他内心对广泽还有嫉妒。当初的确是浅见叫广泽去接村井，但谷原的态度更强硬。

“也对。那……谷原和广泽一起打过棒球，可能两个人之间有过什么过节，只是我们不知道而已。”

“啊？棒球？”

“你不知道吗？谷原的球队曾经请广泽去帮忙，听说之后广泽也不时去参加他们的比赛和练习。”

“哦，好像是……”

深濑假装现在才想起这件事，但其实他根本不知道。在去斑丘高原的车子上，谷原理所当然地提到了其他队友的名字，是因为除了他以外，还有其他人也认识那些队友吗？深濑又想起广泽说他曾经梦想当职棒选手时，谷原好像也并没有感到惊讶。

虽然完全不知道广泽和其他成员有密切关系这件事令深濑感到难过，但从村井口中得知，让他更加痛苦。原来当初五个人的关系并不是三对二，而是四对一。他很希望村井继续说下去，说曾经是广泽好朋友的自己最可能是那篇告发文的罪魁祸首，但等了一会儿，村井也没有这么说，只是放下了筷子而已。

“我当然不希望是我们四个人中有人干了这件事。当然，不是我干的，我和广泽除了在学校见面以外，只有偶尔一起去吃咖喱而已。”

深濑也第一次听说这件事。原来擅长搜集各种信息的村井只要得知哪里有好吃的咖喱店，就会邀广泽一起去吃。广泽为什么没有问自己要不要一起去？

“喂，深濑，你有没有在听我说话？”

“有啊。”深濑用双手拍了拍脸颊。

村井继续说道：“所以，假设是我们四个人以外的人干的，那个人雇用了私家侦探之类的，手上握有证据，揭发我们是杀人凶手的话，该怎么办？”

“怎么可能？”

“你和我的回答一样。我爸问我，真的什么都没隐瞒吗？我当然没告诉他，广泽喝了酒这件事。因为在葬礼之后，我们一再相互叮咛，只要我们四个人守口如瓶，就不可能走漏消息，但是，秘密真的只有这件事而已吗？”

“什么意思？”

“你当时很晚才赶到车祸现场吧？”

“是啊，因为只有两辆脚踏车，我只好留在别墅等大家。”

“但是，后来你跑去车祸现场了。”

“因为我接到浅见的电话，说看到车子撞断护栏坠落山谷的痕迹。”

“浅见也打电话给我，说了同样的话，所以我搭上出租车，在车祸现场和他们会合。我和警察到达的时间差不多，没时间和他们说话。”

深濑比他们更晚到现场，而且一到现场就昏倒了，所以比村井更不了解车祸现场的情况。

“我说深濑啊，浅见和谷原抵达车祸现场时，车子真的已经坠落谷底了吗？”

深濑无法理解村井这句话的意思，但觉得不可以追问，只能勉强把盘子里剩下的生鱼片配菜送进嘴里。他不想继续聊这个话题，甚至打算做好浑身发痒、痛苦打滚的心理准备，叫服务生送酒来喝。

公司用的咖啡豆终于见底了。他曾经想过只去幸运草咖啡店买咖啡豆。只要在假日的中午过后，趁店里有很多客人的时候去，老板娘就无暇问他为什么这一阵子没有去店里，自己也可以主动说明，用最近工作太忙，或是胃不太舒服这种不得罪人的理由敷衍过去。

深濑喝着最后一杯咖啡，想象自己在老板娘面前应对自如的身影，最后用力摇了摇头。在迄今为止的人生中，从来没有任何一件事如想象中那么顺利。但是，如果只是买咖啡豆，事情就很简单，因为并不是非要去幸运草咖啡店买不可。他在网络上搜寻了“严选咖啡”，发现只要从公司搭上往回家方向相反的电车，就有一家专卖咖啡豆的店，而且距离并不算太远，下班之后可以顺便绕过去。

原来外遇就是这种感觉。他回想起幸运草咖啡店的老板和老板娘的笑容，内心涌起了好像背叛他们的罪恶感，但看到从外面回到公司的同事因为没咖啡可喝而满脸遗憾的表情，终于下定了决心。并不是因为自己想喝好咖啡，而是为了公司的同事去买。他在内心自我辩解，下班之后，站在和回家相反方向的电车站台上。

他站在站台最前面等车，有几个高中女生排在他身后。不知道是否相约周末去看电影，那部电影似乎是根据少女漫画改编的，她们正在聊主演某某角色的男演员完全符合想象。

“某某死的时候绝对会哭。”

主角死了不是整部电影的结局吗，怎么可以轻易说出来？虽然深濑原本就不打算看那部电影，但还是对这几个女高中生的神经大条感到生气，然后想起谷原这个人也有类似的毛病。

谷原除了喜欢西洋音乐，也喜欢看外国电影，他积极应征参加试映会，可能他很有中奖运，所以很多电影他都能够在正式上映之前就先睹为快，否则他就会在上映的第一天抢先去看，然后就会像评论家般在研究室内侃侃而谈，评论剧本、演员如何，音乐又如何，甚至连结局也说出来。

——你怎么可以连结局也说出来？

村井曾经这么责备他。

——为什么不行？你们又不看外国电影。

谷原丝毫不觉得自己有什么不对。深濑回顾自己的情况后，觉得谷原说得也有道理。谷原并不是一开始就把电影的结局说出来，之前每次都故意说到最吸引人的地方就不说了，然后向大家推荐，这部电影绝对值得一看，但深濑从来没去看过。浅见似乎偶尔会去看，所以浅见在的时候，谷原就不会说。

——不要把那种只有一家影院上映的电影和《蜘蛛侠》混为一谈。

村井似乎和女朋友约好要去看，所以抱怨了很久。深濑虽然听过片名，但从来没看过，所以就没吭气。他从小到大，去电影院看外国电影的次数用一只手就数得过来，而且他只看自己感兴趣的电影。除了广泽以外，从来没有朋友邀他一起去看电影……

之前在深濑的公寓看广泽借来的《恶灵古堡》DVD时，广泽一只手拿着装了咖啡的马克杯说：

——这种电影，还是想去电影院看。

深濑也点头说，看起来很有意思，然后广泽约他一起去看即将在秋天上演的续集，但最后深濑甚至没有去租DVD回来看。因为他觉得既然广泽看不到了，自己也不能看。那些女高中生的声音一下子消失了。

广泽是不是还有很多其他想做的事……

电车抵达车站后，门一打开，深濑就被身后那几个女高中生推着走进了傍晚拥挤的电车。

他很快就找到了那家咖啡豆专卖店，店里的咖啡豆品种比幸运草咖啡店更丰富，也有一些第一次看到的生产国，但他挑选了写着“推荐”牌子的“尼加拉瓜”和“洪都拉斯”的咖啡豆各五百克，总共买了一千克，似乎借此显示今天的购物只是例行公事。

如果是幸运草咖啡店的老板娘，会建议客人不要一下子买太多，以免香气流失，但这家店收银台的女店员完全没有提出类似的建议。店里人潮拥挤，一眼就可以看出店员并没有闲工夫叮咛客人。贩卖区旁的饮用区入口的杂志架上，有五六本贴着便利贴的杂志。

深濑并不是因为想喝咖啡才走进饮用区，这种行为感觉就像是去外遇对象的家里。杂志架旁挂了一块小黑板，这家店的卖点不是咖啡，而是每周更换的不同种类的蜂蜜吐司，在本周蜂蜜的栏目内写着“爱媛县产・橘子蜂蜜”。也许是广泽家的橘子果园采集的蜂蜜。

去年，他们四个人一起去参加广泽三周年忌日的法事时，广泽的母亲请他们喝了用自产蜂蜜调制的蜂蜜柠檬水，还告诉他们，广泽的伯父养的蜜蜂，都在广泽父亲的橘园采蜜。

之前由树送我蜂蜜，我把蜂蜜加进咖啡一起喝。这些话已经挤到喉咙口，但深濑还是说不出口，默默看着村井和谷原连声说着好喝、好喝，又喝了第二杯，看着浅见向广泽的母亲打听制作方法。

——由树很喜欢把蜂蜜抹在吐司上一起吃。我说他像小熊维尼，他很生气。

广泽的母亲笑着说这些话，又忍不住擦拭眼泪。深濑没有和广泽一起吃过蜂蜜吐司，但是如果那天晚上，广泽和村井平安回到别墅，也许第二天早晨，大家会一起吃蜂蜜吐司。

深濑双手轻轻拍打着脸颊，似乎想要赶走广泽张开大嘴咬吐司的样子，然后用力眨了几次眼睛，似乎想要让湿润的双眼赶快干。咖啡和吐司送了上来，蜂蜜装在一个小玻璃瓶中。深濑拿起咖啡用的小茶匙舀起琥珀色的蜂蜜，把蜂蜜沉入杯子后搅动着。

自己到底想要回想起广泽的事，还是想要忘记？

深濑把蜂蜜倒在吐司上，咬了一口，巡视着周围。店内排放着深棕色的木桌子，正在播放的爵士乐令人心情平静，饮用区几乎座无虚席，傍晚的这个时间，大部分都是正在吃吐司的女客，也有三分之一左右的男客。

如果广泽住在这附近，应该每天都会来报到。深濑想到这里，忍不住苦笑起来。

又想到广泽……

深濑的目光停留在隔壁再隔壁那张桌子旁的两个身穿西装的男人身上，他们大声聊着天，音量丝毫不输给周围的女客人。两个人说话都带有关西口音。

“如果被发现，她会杀了你吧？”

其中一个男人似乎正在劈腿。他夸口说，因为自己很小心，所以无论正牌女友和劈腿的对象都绝对不可能发现。但万一他女朋友刚好也在这里怎么办？深濑很受不了这个男人的肤浅。而且，即使他女朋友没有来这里，也许她的朋友、同事刚好也在这家店。他们邻桌那两个上了年纪的女人，搞不好其中一个就是他女朋友的妈妈。想到这里，又觉得也许就像某部知名的推理小说一样，这家店里所有的人，都和他女朋友有某种关系。他忍不住摸了摸自己的脸颊，很担心自己脸上露出了冷笑。

——你刚才是不是在想别的事？

之前是广泽问自己这句话？不，是美穗子。他正想要叹气，放在皮包里的手机响了。拿出来一看，是村井传来的电子邮件，上面写着：“今天有没有时间在上次的那家店见面？”虽然深濑接下来并没有任何事，但他不想立刻回复。

他想起了上周末，村井约他去那家居酒屋时说的话。

——浅见和谷原抵达车祸现场时，车子真的已经坠落谷底了吗？

村井问这句话时，深濑没有回答。因为他无法回答。一阵尴尬的沉默后，村井开了口：

——应该不至于啦。忘了我刚才说的话。

说完，他看了一下时间，笑着问深濑："要不要去吃拉面作为收尾？"深濑只是小声回答说："已经吃太饱了。"村井也没有坚持，打开纸拉门，请服务生结了账。

——那家店这个季节供应海鳗火锅，下次约大家一起来吃。对了，我上次就说要约大家一起吃饭，还叫浅见通知你。

——嗯，我听说了。

原来村井真的有邀请自己。深濑这么想着，和村井在车站道别。

回到家之后，才认真思考了村井在居酒屋时说的那句令自己很在意的话。虽然没有做任何体力活儿，但一回到家里，顿时感到精疲力竭，连电视都没打开，就仰躺在榻榻米上。他这才发现天花板的壁纸不是素色，而是小格子图案。茫然地看着天花板，硬是被封闭在脑袋里的话语浮现在脑海。

浅见和谷原抵达车祸现场时，车子真的已经坠落谷底了吗？反过来说，也可能还没有坠落，车子还在那里，只是发生了车祸，但并没有烧起来。广泽在车里。果真如此的话，应该会先叫救护车，或是报警。然而，村井和深濑抵达现场时，车子已经在谷底了。之前还没有坠落的车子坠落了谷底，就代表有人故意让车子坠落。为什么要这么做？

因为不希望警方知道广泽喝了酒，所以连同车子一起烧掉了。但是，把车子推入谷底，一定会烧起来吗？也许有抽烟习惯的广泽衣服口袋里有打火机，于是先烧了车子，为了避免警方怀疑纵火，才把车子推入谷底……

深濑猛然坐了起来，摇了摇头，走去厨房，从冰箱里拿出PET瓶的水直接喝了起来，然后直接在流理台的水龙头下洗了脸，想要甩开那些荒唐的想法。

但是，正因为村井也这么想，所以才会说那种话。村井比深濑了解谷原和浅见好几倍，他怀疑那两个人。回想起让村井产生这个想法的理由，深濑也无法断言他这种想法是无稽之谈。

会不会是村井和谷原、浅见必须各自承担三分之一的罪行，所以村井想要为自己脱罪，才故意暗示另外两个人对广泽怀恨在心，捏造他们罪孽更重的状况？他一定为别人称他为杀人凶手很受打击。村井就是这种人。

深濑不再继续思考广泽车祸的事。

然而，村井又联络他，说想要和他见面，而且希望等一下马上见面。他还是想要讨论他的假设吗？一旦深濑同意，支持这个假设的比例就变成二比二。但是，他不想为这种无聊事和村井见面。因为一旦见了面，也许就会迫于无奈，点头同意他提出的荒唐假设。

但也有可能是村井又遭到骚扰。深濑再度拿起手机，回复了简短的内容。

“发生什么事了吗？”

看村井的回复，再决定要不要见面。他还来不及喝一口咖啡，立刻收到了回复。

“谷原被人推下了铁轨。”

深濑留下还剩了三分之一的吐司，只喝完了咖啡就站了起来。加了蜂蜜的咖啡冷了之后，和上次喝的时候一样，有一种不协调的感觉，让深濑更加心慌意乱。

这件事是否已经结束了？深濑忍不住自问。谴责自己是杀人凶手的信寄到了自己这辈子第一个女朋友美穗子的手上，两个人的关系也因此结束了。原本以为寄信的人完成了复仇，浅见和村井也同样受害，但都没有危及性命。正因为这样，即使觉得生气，也觉得很莫名其妙，却没有着手去解决这件事。

但是，谷原被人推下铁轨……不知道谷原现在怎么样了。深濑在电车上用手机搜寻了电车意外的相关新闻，但在这几天的新闻中，并没有发现任何撞到电车意外死亡的消息。

上次好像在陌生的城镇旅行般，好不容易才找到那家居酒屋，第二次就熟门熟路了。其实距离不算太远，不能误认为在这里就不会遇见熟人。深濑在打开拉门前深呼吸了一次，才走进店里。他向服务生报上村井的名字后，和上次一样，被带进了后方的包厢。

打开纸拉门，村井已经在那里了，浅见坐在村井的对面。他们不知道已经来了多久，村井面前的大啤酒杯中的啤酒已经喝掉了一半，浅见面前的乌龙茶似乎还没有喝过，只有开胃小菜的毛豆送了上来。深濑从门缝挤了进去，反手关上了纸拉门。

“谷原呢？”

他站在那里问村井。

“你先坐下再说，听说并没有生命危险。”

村井用平静的语气回答。深濑松了一口气，在浅见身旁坐了下来。

“你工作没问题吗？”

深濑问浅见。浅见回答说，学生的成绩已经处理完了。虽然深濑不知道这和工作忙不忙有什么关系，但猜想浅见在回答自己能够提前离开学校的原因。不，一旦得知谷原的消息，除非有天大的事，否则谁都一定会火速赶到。

“先随便点些菜，等一下再好好聊。”

村井打开了菜单。虽然深濑吃不下，但他还是回答要乌龙茶和上次相同的菜。浅见皱着眉头，轮流看着村井和深濑，他似乎不知道他们之前见过面。

“上个星期五，我们来过这里，就是为了那篇告发文的事。”

深濑觉得这并不是需要隐瞒的事，于是对浅见说道，随即“啊”了一声，闭上了嘴。虽然刚才不小心说了“那篇”，但浅见并不了解深濑已经知道了他遭遇的事。

“我去送货时，从木田老师的口中稍微得知了你的事。”

深濑立刻辩解道。浅见用力叹了一口气，用手摸着额头。

“不是稍微而已吧？”

“对不起……”

他脱口道歉，但其实是木田把深濑找去，然后滔滔不绝地把事情告诉了他。

“事到如今，这种事不重要，我们所有人都以某种方式收到了告发文，这是事实。”

村井说完，打开了纸拉门，找来服务生。“你想吃什么？”他问浅见。“你点就好了。”浅见回答说。于是村井点了和上次相同的菜。门关上，停顿了三秒后，深濑问另外两个人：“谷原也收到了告发文吗？”

“不可能只有他没收到……不过，详细情况还是由你来说吧，因为只有你见过他。”

村井对浅见说道。这次轮到深濑皱起了眉头。难道村井、谷原和浅见三个人不是一伙的吗？而且，假设他们三个人要以谷原为中心分成一个人和两个人时，他一直以为谷原和村井一定会在一起。

深濑的乌龙茶和简单的菜肴送了上来。浅见看着纸拉门的方向，确认已经关上后，转头看向深濑。

“听说告发文是以匿名信的方式，寄到了他公司的总务部。”

谷原主动打电话给浅见，告诉了他这件事。两天后，才有人在浅见的车子上贴了告发文，所以浅见当时还事不关己地说，会不会是和谷原有私人恩怨的人，尤其可能是同公司的人干的。但是，谷原断言说，除了广泽车祸那件事以外，没有做过任何会被人称为杀人凶手的事，而且暗示浅见说，搞不好他学校的校长和家长会会长也收到了相同的告发文，只是校长还没有找他而已。

但是，谷原并没有太紧张。听说在大企业工作经常会收到这种莫名其妙的信，但总务部还是找他去了解了情况。谷原在接受调查时，提到了广泽车祸的事。

“他告诉公司的人了吗？”

村井惊叫起来，深濑也很惊讶。他当初深信美穗子会谅解自己，所以才会告诉她，如果自己面对和谷原相同的情况，被公司的上司找去，根本连广泽的“广”字都不会提，只会结结巴巴地回答“不知道”而已。

“把当初告诉警察的话再重复一遍，说除此以外没有发生过任何可能会被说成是杀人凶手的事，不是比隐瞒更好吗？”

浅见说。深濑观察着浅见的侧脸暗忖着，是这样吗？你不是也没有如实地向看到告发信的人说明情况吗？因为事先已经知道谷原遇到的情况，应该马上就知道是那起车祸的事，却让目击现场的同事以为是因为在学校喝酒而遭到处分的学生或是家长干的。

这是身为教师的正确处理方法吗？

“他公司的人接受了他的说法吗？”

深濑问。

“我没有详细问他对话的内容，但他说最后上司还鼓励他，不必把这件事放在心上。”

只是这样而已吗？深濑再度感到泄气。为什么当时没有想到，也许自己根本不需要老老实实地向美穗子坦承一切，应该隐瞒喝酒的事呢？

因为自己和逼广泽喝酒完全无关。为了强调自己并没有过错，广泽会发生车祸和自己没有关系，所以觉得喝酒这件事无法省略，没想到反而自掘坟墓。

“这样的结果应该完全出乎寄告发信的人的意料。”

听到村井这么说，深濑恍然大悟。

“所以把他推下铁轨？”

在说出口的同时，感到手臂上起了鸡皮疙瘩。

“这就不知道了。”

浅见冷静地回答。菜肴陆续送了上来，点的菜都送上来了。接下来的谈话就不必中断了。

“喂，你说一下谷原被推下铁轨的详细情况。既然是得知他没有受到任何处分，就立刻采取了下一步行动，可见是他公司的人干的。”

村井语带激动地说。虽然这个假设太简单，但是深濑觉得无法完全否定。深濑因为告发文而失去了美穗子，但并不是只有谷原什么都没有失去，然而，寄告发文的人下一步却先针对谷原下手。

“我们会不会只是幌子而已？歹徒真正的目标是谷原，在调查谷原之后，得知了那起车祸，然后用作障眼法……之类的？”

村井强硬地坚持自己的观点。果真如此的话，自己不是太倒霉了吗？深濑很想抱住头。

“等一下，不要贸然下定论。谷原是在星期天，参加棒球队的练习比赛后被人推下铁轨。”

浅见说。

“搞什么嘛，干吗不早说？”

“因为村井插嘴啊。”

“那我们都不说话，你一口气把事情说完。”

村井气鼓鼓地把一整块樱花虾天妇罗都塞进嘴里。

“这是上星期天发生的事……”

浅见平时应该就是用这种态度上课。深濑端正了姿势，认真听浅见上课。

星期天下午，谷原和老家那些由以前打少年棒球的成员组成的轰炸机队，和邻町少年棒球退休球员组成的斗士队，在埼玉市民体育场进行比赛。在垒上有一名跑者的情况下，谷原击出一支逆转全垒打，轰炸机队获得了胜利。比赛结束后，所有人在运动场附近的一家居酒屋聚餐庆功，然后又去居酒屋附近的一家 KTV 续摊，但谷原说，隔天上午有一个重要的会议，所以没有参加续摊，要直接回位于东京都的公寓。

晚上九点左右，他在车站的站台上等电车，背后突然一阵强烈的冲击，谷原被推下了铁轨。他一片茫然，完全不知道发生了什么事，看到列车驶来，在千钧一发之际，钻进了站台下方的涵洞躲过一劫。

浅见喝了一口乌龙茶。

“幸亏是这种设计的站台。谷原自己打电话告诉你的吗，叫你也要小心？”

村井问。

“对啊。”浅见把杯子放在桌上时点着头，深濑突然隐约感到不太对劲。

“所以，你传电子邮件给我，说要见面，还叫我约深濑，是为了告诉我们谷原的事，叫我们也提高警惕吗？”

“是啊……”

“这就太奇怪了吧，今天已经是星期三了，如果在这段时间，我和深濑发生了什么意外怎么办？你今天才联络我，是因为你今天才有空吗？谷原也太懒惰了，直接传电子邮件通知大家不就好了吗？”

“不是你想的这样，不好意思，我没说清楚。我是今天中午才接到谷原的电话。我听了之后很惊讶，说想和他见面，他叫我去他家，所以我工作结束后就去了他家。离开他家之后，就立刻和你联络，直接来这里了。”

“那谷原为什么没有一起来？他受伤了吗？”

“谷原他……虽然只是擦伤而已，但他精神上很受打击，好像不敢外出。从星期一开始，就一直请假没去上班。”

“他有这么脆弱吗？”

“他差一点儿被电车撞死啊！”

浅见大声说道。深濑的肩膀忍不住抖了一下，他想象着电车向自己驶来的情景。村井在听浅见说话时，可能也想象了当时的情景。无论村井还是谷原，都会在紧要关头，和危险擦肩而过，然而，即使运动神经还不错，要在瞬间判断到底发生了什么事、采取最恰当的行动并不是一件容易的事。如果自己遇到这种事……深濑忍不住隔着衬衫，抚摩着起了鸡皮疙瘩的手臂。

“但他不可能一辈子都躲在家里啊。”

村井喝着大啤酒杯内剩下的啤酒。

“所以……他说要去报警。”

浅见重重地吐着气说。深濑和村井都瞪大眼睛看着浅见。

“他今天还不会采取行动，因为我说会陪他一起去。谷原的确不敢外出，但其实我没告诉他，我们会在这里见面的事。”

“你和谷原打算去报警，所以想来问我和深濑有什么打算吗？”

村井问。

“等一下。”

深濑有事想要确认，他问浅见：“你们去报警是只针对告发文的事，还有在车站被推下铁轨的事吗，还是打算说出一切？”

“什么？”

浅见反问道。深濑焦急起来，觉得浅见太不机灵。

“就是喝酒的事啊。”

“我们之前不是约定，要带进棺材吗？”

村井插嘴说。

“这件事我连父母和女朋友都没说，以后也绝对不会说，更何况为什么要傻傻地向警方坦承一切？告发文上只说我们是杀人凶手，并没有说，如果不说出秘密，就要杀了我们啊。”

“村井！”

村井越说越大声，浅见在嘴巴前竖起食指。虽然这里是包厢，但隔音效果并不好，他们在包厢内也不时听到其他包厢传来的笑声。

“啊，不好意思。”

村井坐直了微微前倾的身体，换了一个姿势盘起了腿。

“这件事当然不会说。”

浅见压低了声音说道，好像在示范。

“那就没问题啊。虽然不太愿意重提车祸的事，但谷原遭遇了生命危险，我和你们之后也可能会遇到相同的危险，所以也是无可奈何的事。我们一定要抓到凶手，纸上可能留下了指纹，我也会交给警察作为证据。”

村井似乎也打算一起去报警。深濑抱着手臂思忖着，自己是否也该去向美穗子要那封信。

“等一下，我虽然安抚谷原说，会陪他一起去，但其实还在犹豫，到底该怎么做比较好，所以来找你们商量。”

浅见轮流看着村井和深濑。深濑隐约能够了解浅见迟疑的原因。

“你刚才不是很生气地说，谷原差一点儿死了吗？那还在犹豫什么？”

村井问。

“是不是因为可能是对广泽而言很重要的人下的手？”

深濑向浅见确认，浅见缓缓点着头。

“如果像村井所说，凶手只是锁定谷原，我们只是幌子，那或许应该赶快报警。如果有人因为私人恩怨憎恨谷原，而谷原自己并不知道，就更难找到凶手了。但是，按照常理来判断，凶手应该是寄了告发文、痛恨我们四个人的对象。果真如此的话，动机是什么？”

“当然是广泽车祸的事。”

村井回答。

“那谁会因为广泽死了，恨不得杀了我们？”

“果然是他父母吗？”

“不可能啦。”

深濑大声说道。迄今为止，和广泽的父母见了四次面，分别是车祸隔天、广泽的守灵夜和葬礼，以及来年的一周年忌日和去年的三周年忌日的时候。尤其在一周年忌日和三周年忌日的法事之后，广泽的父母还特别设宴款待。如果换作是别人，不准他们四个人踏进家门也理所当然。

“我也不愿意认为广泽的父母是凶手，他们对我们这么好，而且如果所有人的告发文都是用邮寄也就罢了，贴在我爸的竞选总部和浅见的车上，都必须有人亲力亲为，为了做这种事，特地从爱媛来这里……不可能吧。”

没错，没错。深濑用力点头，想要表示赞同。

“这么一来，就可能是他的女朋友或朋友。”

听到村井这么说，深濑嘀咕说：“是啊。”却完全没有真实感。这种关系的人，真的会为广泽复仇到这种程度吗？假设自己没有去别墅，情况会怎么样？广泽是自己最好的朋友，这位好朋友在车祸中丧生，而且得知是同行的研讨小组其他成员明知道广泽才刚考到驾照，还让他在恶劣的天气下，在险峻的山路上开车，应该会恨他们，但是，会因此寄送告发文吗？甚至想要杀人。而且……

“为什么现在才提这件事？”

浅见问。深濑在看到告发文之后，也曾经数度思考这个问题，也想到了可能性。

“会不会是最近发现了什么新的事证？”

傍晚在车站站台上听到几个高中女生的对话，在咖啡店内听到两个带着关西口音的上班族说的话，虽然都是擦肩而过的人的事，但仍然令他印象深刻。

“虽然我们自认为很小心谨慎地隐瞒了这件事，但可能在哪里不慎说漏了嘴，刚好被广泽认识的人听到。”

如果传入了广泽父母的耳朵……即使他们去年还很善待自己，也不代表他们并不会做这种事，相反地，比起在车祸发生时了解真相，现在知道也许更觉得遭到了背叛，愤怒也会倍增。

“我们一直都很小心谨慎，所以很难相信事情曝了光，但无论如何，最好的方法就是我们找到凶手。即使无法找到凶手，至少也要确认是不是广泽的父母或他的女朋友干的，因为会遭到逮捕，如果是为广泽难过的人，我们要再想对策。”

浅见说。深濑点了点头。浅见的想法和他完全相同。

“但万一最后发现真的就是他父母怎么办？”

村井问。

“可以坐下来谈，问他们为什么要这么做，希望我们用什么方式补偿。”

“你说得倒轻松，谷原差一点儿被人杀害啊。”

“我想……浅见应该认为九成不是广泽的父母干的，只是想证实，对不对？”

深濑问。浅见点了点头。

“听说站台虽然有不少人，但谷原之前就经常在那里搭车，所以如果广泽的父母出现在站台上，即使变了装，谷原也绝对会认出来。你们也知道，他很擅长记别人的长相和名字啊。”

深濑也同意浅见的看法。学生时代并没有特别意识到这件事，在广泽葬礼的来年，也就是一周年忌日时才发现了谷原的这个专长。当一位年长的女人对他们说，谢谢你们特地远道而来时，深濑完全不知道对方是谁，只能鞠躬说了声“谢谢”，谷原却记得那是广泽守灵夜时，在会场负责接待的人。不仅如此，他还告诉其他人，那群人是广泽高中时的同学，那个人是广泽中学时的班导师。不知道他从哪里得知了这些消息，总之，他几乎掌握了在场的大部分人和广泽之间的关系，令人不得不感到惊讶。

“这样不是很矛盾吗？谷原记得很多来参加广泽葬礼的人，如果那个人出现在站台上，谷原一定会认出来。或许不会主动打招呼，但一定会心生警惕，纳闷对方为什么会出现在这里。因为他之前已经收到了告发文，无论如何，他不可能排在队伍的最前面，但是，他完全没有产生警惕，结果被推下了铁轨。如果凶手是和广泽很亲的人，会没有参加葬礼吗？”

被村井这么一说，浅见和深濑抱着手臂陷入了沉默。

“我在想，我们现在要不要去谷原家里。浅见，你也没有仔细向谷原确认，他在站台上到底有没有看到熟面孔呢？”

“是啊，但不知道他有没有问题。”

浅见皱着眉头。

“这种时候，一个人在家会整天想象最糟糕的情况，只会越来越消沉。还是他女朋友在他家陪他？……不，上次我和他联络时，他说想要追一个女生，所以现在应该没有女朋友。好，那就没问题吧？先用电子邮件通知他，说我们等一下去找他。喂，你们赶快把菜吃完，等一下买碗牛丼带给谷原。”

村井接二连三地做出了决定。深濑勉强跟上了他的步调，从自己面前的盘子开始吃桌上剩下的菜肴。

“我来传电子邮件给他，因为我没告诉他，我要和你们见面，他可能会很惊讶。”

浅见不等村井回答，就拿起手机开始传电子邮件。深濑捕捉到村井看着浅见的眼神中露出一丝讶异。

村井仍然在怀疑车祸刚发生时的真相。

走出居酒屋，整整一个小时后，来到了谷原的公司为他租的公寓。深濑原本想象谷原来开门时，会一脸憔悴的样子，没想到他一脸神清气爽地迎接了他们三个人，好像刚泡完澡。他似乎刚好肚子饿了，开心地接过村井递给他的外带牛丼。

“我特地请店家不要加红姜。”村井说。

“太好了。”谷原把脸凑近塑料袋，闻着牛丼的香味。广泽以前很喜欢红姜。深濑不由得想起广泽津津有味地吃着表面铺满粉红色红姜的牛丼时的表情。

“深濑，你太贴心了，我家的咖啡豆刚好用完了。”

谷原看着深濑的手说道。咖啡豆发出的香气丝毫不输给牛丼，但这是为公司的同事买的，他只能无奈地从纸袋里拿出一袋，交给了谷原。虽说他遭遇了生命危险，但他还是凡事以自我为中心，真让人受不了。

“如果你不介意，可不可以为大家泡咖啡？”

谷原所住的套房一进门就是厨房，咖啡机放在冰箱上。谷原这么说，也许比“你怎么也来了”好多了。深濑回答说：“好啊。”立刻走去流理台，把咖啡豆放进去后，探头看向冰箱旁的小碗柜，发现有五个尺寸和图案都各不相同的杯子，其中一个就是谷原以前在研究室时用的杯子。

深濑回过神时，发现自己拿了五个杯子出来，慌忙把其中一个放了回去。他试着找砂糖，只看到酱油和美乃滋这两种调味料，但随即想起不用砂糖也没关系。因为在研讨小组中，只有广泽喝咖啡时要加大量砂糖。刚才似乎也搞错了水的分量，他两只手各拿了一杯倒得很满的咖啡，来回走了两次之后，在三个人围坐的桌子角落坐了下来。

“他说在车站的站台上没看到葬礼时见过的熟面孔。”

村井对深濑说。深濑刚才在泡咖啡时，听到他们简单扼要地把在居酒屋时聊天的内容告诉了谷原。

“他和担任棒球队经理的女生一起去搭车，因为想要趁中元节假期约她出去玩，所以还特地确认了周围是否有熟人。”

“因为之前巧遇亲戚家的阿姨。”

谷原一边吃牛丼，一边说。他的食欲似乎没受影响。

“他说最可疑的应该是广泽的女朋友。”

谷原把嘴里的牛丼吞了下去，点了点头。

“广泽有女朋友？”

深濑问道。即使回想和广泽共度的所有时光，也从来没有聊到女朋友的话题。至于深濑为什么没有问……因为他希望广泽是自己的同类。

“有啊，浅见，对不对？”

谷原征求浅见的意见。浅见偏着头纳闷：“有吗？”

“去斑丘高原的途中，在休息站时，他不是买了当地的凯蒂猫吊饰吗？我问他买给女朋友吗，他轻描淡写地回答说，是给妹妹。”

“啊，没错。”

浅见也拍着手回答。深濑想起了当时的情景，谷原和浅见去买酒的时候，广泽追了上去，说要买伴手礼，结果只有自己独自在面包区挑选面包。

"他根本没有妹妹啊。"

谷原放下筷子，低下了头。深濑在殡仪馆的时候，也不时听到有人说，广泽是家里的独生子。

"但是，葬礼的时候，没有看到像是他女朋友的女生啊……"

深濑回想起殡仪馆的情况说道。他们四个人心有愧疚，所以起初在会场的最后面，但当地人和亲戚不断叫他们去前面、去前面，结果他们就走去了前面，最后简直变成朋友代表，坐在家属旁边。当时坐在那里看着为广泽上香的人，并没有看到像是广泽女朋友的人。不，深濑摇了摇头，只是没有看到哭得比别人更加伤心欲绝、满脸憔悴的女生而已。

"也许在葬礼的时候，她还不知道广泽死了。如果广泽在暑假时，在其他地方发生车祸，我们可能也不会去参加葬礼。他的手机被烧了，而且现在这个年代，因为联络不上而打去学生会问同学老家的住址和电话，学生会的人也不会告诉你。"

浅见说。深濑觉得有道理。在广泽发生车祸之前，深濑也不知道广泽老家的住址和电话。而且……如果现在自己死了，美穗子也不会来参加葬礼。即使还没有分手也一样。因为没有人把死讯告诉美穗子，即使她经由幸运草咖啡店得知消息，也不知道深濑老家的电话。

不知道广泽和怎样的女生交往。深濑想起当时走出荞麦面店时，等在外面的广泽正在操作手机，也许正在传电子邮件给女朋友，告诉她高原猪的炸猪排超好吃，而且……为什么之前都没有想到？

“广泽开车离开后，可能传了电子邮件给女朋友，如果电子邮件里提到他喝了酒……”

浅见、谷原和村井三个人同时看向深濑。

“广泽在开车时会传电子邮件吗？”

村井问。

“也许他开车时想打瞌睡。广泽出门时，我递给他一瓶咖啡，所以他可能把车停在路边喝咖啡，然后顺便传电子邮件。”

广泽毫无怨言地出门，但也许他很想抱怨，也可能直接打电话给他女朋友，自己也许并不是最后听到广泽声音的人。另外三个人不知道是否想让脑袋清醒一下，同时拿起了杯子。

“听我说，”深濑端正了姿势，看向另外三个人，“可不可以由我负责寻找凶手？我们公司的暑假是轮流制，只要提出申请，下个星期就可以放暑假。拜托了。”

他猛然低头拜托，几乎没怎么减少的咖啡表面映入视野。光凭颜色，无法了解味道。同样，原本以为自己是广泽的好朋友，没想到竟然根本不了解广泽。

他真的有女朋友吗？在四年级之前，和谁是好朋友？又度过了怎样的学生生活？打什么工？参加了什么社团？高中时代、中学时代、小时候又是怎么样？他并不关心找凶手这件事，只想知道广泽由树的事。

他只想回溯广泽度过了怎样的人生。

第四章

想要回溯广泽由树度过了怎样的人生。

深濑虽然在大学同一个研讨小组的成员面前如此宣布，但回到家之后，独自想要研拟计划时，却立刻遇到了“瓶颈”。他躺在公寓还没有晒得太黄的榻榻米上，仰望着天花板，如果天花板上可以播映出广泽的人生，不知道该有多好。

自己的确曾经出现在广泽的人生电影中，但是，自己的戏份并不多。在大学参加同一个研讨小组只有短短几个月的时间，只是其中的一幕或两幕而已。原本以为即使如此，只要从自己脚下的影片开始调查，就可以慢慢回溯广泽以往的人生。但显然想得太简单了，此刻才终于发现，自己和广泽共度的那一幕和其他幕之间并没有交集。

如同一条长线上的点。

在升上四年级之前，深濑根本不记得在学校看见过广泽。是因为深濑除非必要，否则不会去学校，但他在刚入学时，曾经试着敞开心胸，因为他觉得在大学应该会遇到能够了解自己的人，期待能够交到朋友。

如果当时广泽也在同一间教室，一定会在他身上感觉到某些东西。

事实上第一次去研究室时，当所有人都到齐，深濑注意到了广泽，虽然既不了解他的性格，也不知道他的兴趣爱好，但立刻为发现同类松了一口气。

因为是同一个学院、同系的学生，照理说应该修过相同的课，并且之前从来不曾听广泽提过是转学进来，或是在国外留学，两个人之间从来没有聊过认识彼此之前的学生生活吗？

之前聊过打工的事。深濑记得当初听广泽说他在搬家公司打工，觉得很像是他的选择。广泽曾经说，虽然时薪不错，但如果更早考到驾照，薪水就更高了。广泽在说这番话时并没有太懊恼。

广泽还说他当过一年家教。虽然很愉快，但那是一个中学三年级的学生，顺利考上志愿学校之后就不再请家教了。他提到家教时，只说了这些话。当广泽得知深濑曾经有一段时间在便利超市打工时，立刻对深濑说，那家超市自制的咖喱快餐包很好吃，之后就一直聊咖喱。

深濑坐了起来，打开当作电视柜使用的矮柜抽屉。虽然找到了圆珠笔，却找不到笔记本或记事本之类的纸张。你到底在什么公司上班？连他自己都想要吐槽自己时，终于找到一本B5尺寸的全新笔记本。深棕色的封面看起来像咖啡的颜色，当初觉得可以用来记录在幸运草咖啡店学到的知识，但里面仍然是一片空白。

现在打算写在这里的事，已经全都告诉了美穗子。

他拿起圆珠笔。

“广泽由树曾经在搬家公司打工。”

“广泽由树曾经当过家教。”

“广泽由树生前喜欢吃咖喱。”

他写了一长串以广泽由树开头的句子。

深濑进公司时，完全没有其他人和他同期进入公司，所以无缘参加电视上常看到的新进员工集体合宿进修，但董事长给他出了题目。

董事长要求他在一个小时内，写一百句“我 ××”的句子。他很快想到了姓名、出生地、兴趣、星座、血型这些内容，接下来却不知道该写什么。然而，在他思考时，时间一分一秒地过去。虽然已经写了“我喜欢喝咖啡”，但在无计可施之下，又继续写了“我喜欢曼特宁咖啡”等好几种的咖啡，然后又用相同的方式，列举了自己喜欢的书名和电影片名，还有喜欢的食物。在写完喜欢吃寿司之后，又写了好几种寿司，最后总算凑足了一百个。

写完之后，当他重新检查时，发现全都是乏善可陈的内容，不由得感到无地自容。如果剩下的时间超过五分钟，他或许会全部擦掉，但是，他还来不及拿起橡皮擦，董事长就直接走过来，告诉他时间到了。董事长拿起纸，认真看着纸上所写的内容时，深濑只能低着头，看着桌子上的某一点。董事长在出声朗读了其中几项之后，叫着他的名字："深濑和久！"深濑想也不想就站了起来，端正姿势，大声回答："有！"

——我觉得你和我很合得来啊。

听到董事长的这句话，深濑顿时觉得肩膀放松了，同时，内心深处涌起一股暖流。他觉得自己这个人得到了肯定，连同那些很无聊的部分，也都受到了肯定。

虽然当时自作聪明地这么解释，但日子一久，开始觉得也许不管写什么内容都没有关系，那只是训练自己在从事业务工作时，表达自己的意见。即使如此，他仍然觉得深濑和久这个人填满了那张纸，只要把热水倒在纸上，也许会出现深濑的复制人，就像计算机程序一样，只是多了一点儿人性。

同样，只要在这本笔记本上写满广泽的事，广泽的身影就会浮现。不管重不重要，完全不加以取舍选择，只要是有关广泽的事，全都写下来。

在和认识广泽的人见面的同时，不断加以记录……然而，这就是问题所在。因为他完全没有任何线索。如果自己手上有广泽的手机就好了。他忍不住想求助方便的东西，但广泽的手机在车祸时烧毁了，而且即使顺利留了下来，警方也会交给家属。

幸好他知道广泽的老家在哪里。

他搭飞机来到松山机场后，再搭电车前往广泽老家所在的爱媛县沿海的城镇。这是他第三次造访，却是第一次单独造访。他这次才发现，之前预订机票，以及和广泽父母联络这些事都是完全交给他人进行的。最好的证明，就是他把行李寄放在之前来参加法事时投宿的那家商务旅馆后，走在并不是第一次走的路上，却对周围的风景感到陌生，有点儿担心自己是否走错地方了。

原本只打算调查出结果后，再向浅见、村井和谷原这几位大学时代研讨小组的成员报告，但因为不知道广泽老家的电话号码，不得不打电话给浅见。

——你要去他老家吗?

在学校的升学指导室的角落见面时，浅见面露难色也在情理之中。虽然深濑一心想要了解广泽由树，但原本的目的是要调查到底是谁把告发文寄给四个人的相关人，又把谷原推下铁轨。如果是因为夺走了广泽而要复仇，广泽的父母嫌疑最大。即使没有亲自采取行动，也完全有可能委托他人。不需要委托熟人，只要愿意付钱，网络上有很多人愿意代劳。

——即使怀疑他父母，也必须见面聊一聊啊，所以见面也无妨。还是你知道广泽在大学时，除了我们以外，和谁走得很近吗？

——我怎么也想不起来。

——像是社团，或是打工……啊，对不起。

——我……不知道。

浅见提不出其他方法，只好把广泽老家的地址和电话告诉了深濑。当天晚上，深濑战战兢兢地打电话去广泽老家，广泽的母亲接了电话。深濑自我介绍说："我是和由树同一个研讨小组……"话还没说完，广泽的母亲就问："啊哟，是谷原吗？那是浅见？对不起，是村井吧。"虽然一路猜下来，但最后还是说不出深濑的名字。

——哦，对，是深濑……

广泽的母亲停顿了一下，似乎想要说出仍然记得的事，证明她并不是完全忘了深濑，但最后只好问："最近还好吗？"深濑告诉自己，广泽的母亲愿意用开朗的语气和自己说话就应该感恩，然后一边擦着额头上的汗，一边说，这个周末他要出差去四国，希望可以去为由树扫墓。他之所以说谎，是为了避免专程登门拜访，导致对方起疑心，觉得其中是否有什么原因，但又觉得这种小谎言的累积，往往会造成无可挽回的后果。

总之，广泽的母亲在电话中说，很期待深濑的造访。至于这句话是否出于真心，要等见面之后才知道。

深濑只要一紧张，就很容易流汗，热的时候反而不会大汗淋漓。然而，他在走上爬坡道时，用手帕擦了好几次汗。早知道应该带一条毛巾挂在脖子上。他停下脚步这么想道，刚才驶过他身旁的小货车突然倒车回来。他慌忙跨过没有盖子的侧沟，闪到路旁，那辆小货车在他数米前方停了下来。一辆将后视镜收起的小轿车缓缓驶了下来，和小货车擦肩而过。深濑负责的区域内也有几个地方道路很狭窄，但和这里相比，简直是小巫见大巫。

“广泽由树习惯在狭窄蛇行的道路上开车。”

等一下要记录这件事。他在脑海中浮现这些文字的同时，立刻想到另一条路。那是通往斑丘高原别墅的山路。就是广泽开车失误，发生车祸的地点。听说广泽是在升上四年级前的春假考到了驾照，在考到驾照之后，没有在这条路上开过车吗？

广泽发生车祸，难道不是因为他开车技术不好，而是喝了酒吗？广泽曾经说，他喝了酒就想睡觉，之前去广泽家时，他父亲也说了类似的话。

那根本就是杀人。

他很想转头冲下刚才走过的路。只要一回头，恐怕就会拔腿狂奔，深濑抬头看着前方的天空，连天空的颜色都和斑丘高原一样。

“啊哟，是深濑？”

背后传来声音，他瞥向后方。原来是广泽的母亲骑着脚踏车爬上坡道。他慌忙鞠躬说：“伯母好。”广泽的母亲跳下脚踏车，站在深濑身旁。

“我以为你会在车站叫出租车过来，天气很热吧？早知道应该开车去接你。”

广泽的母亲一只手松开脚踏车把手，在深濑的脸前甩着手，似乎在为他扇风。这是深濑第一次这么近距离仔细看广泽母亲的脸。

“广泽由树长得很像他母亲。”

PET瓶的可乐从放在脚踏车篮子里的塑料袋内探出头。

“深濑，我记得你不喝酒。”

广泽的母亲露出和广泽相同的表情笑了起来。原来她还记得我。她不可能做出那么恶劣的复仇行为。

从广泽家沿着蜿蜒坡道继续往上走，就是广泽的坟墓。寺庙就像是和缓山地的一部分，每个坟墓都面对大海的方向。

深濑睁着眼睛，双手合十。虽然有很多话想要问广泽，但并不想对墓碑说话。因为他觉得在目前的状态下，广泽不可能回答他任何事。

广泽的父亲蹲在不远处挡住海风，为线香点火，看起来就像是一块巨大的岩石。深濑看着广泽父亲宽阔的背影想到，广泽的体形像他父亲。刚才在广泽家的佛坛前上了香，喝了冰麦茶后，和广泽的父母准备出门时，刚好有客人上门，所以是深濑和广泽的父亲来扫墓。两个人一路上几乎没有交谈。深濑记得广泽的父亲喝酒时很健谈，现在才发现，那是因为有谷原和村井在。

可能是线香一直点不着，打火机发出的“咔嚓咔嚓”声中似乎带着焦躁。深濑走去广泽父亲那里，在他对面蹲了下来，伸手挡住了风。虽然应该没有太大作用，但风突然变小，线香点着了。

“真是的，终于点着了，谢谢你帮忙。”

广泽的父亲腼腆地笑着站了起来，将手上的一把线香分成两半后，将其中一半递给深濑。两个人闭上眼睛，对着坟墓祭拜。广泽的父亲转过头，凝望着远方。城镇的远方是大海，有几个小岛浮在海面上。

“风景真美。”

深濑说出了自己的感想。虽然太阳很烈，但因为风很大，所以即使站在太阳底下也不觉得不舒服，反而好像难得晒被子时一样，身体里的湿气都蒸发了。深濑觉得眼前这片平静的景色就像是广泽这个人。

“我也很喜欢这片风景，但由树似乎觉得太小家子气了。”

深濑还没有发问，广泽的父亲就主动提到他的名字。深濑凝视着广泽的父亲，但广泽父亲的视线仍然看向大海的方向。

“听说外国人看到濑户内海，会以为是河流。”

“以前在中学上社会课时，也听老师这么说过。”

“原来并不是由树随便乱说……深濑，我记得你在办公用品的公司工作？”

广泽的父亲转头看着深濑问道。这次还没有聊到工作的事，所以他记住了一年前法事时聊了几句的内容。

“对，我做业务，主要在外面跑。”

他简单回答，让谈话不至于中断。

“是吗？真了不起……由树之前说，大学毕业之后，想出国旅行一年。”

“啊？”

是这样吗？深濑把差一点儿脱口问的话吞了下来，但之后短暂的沉默，就像是广泽的父亲在内心嘀咕，原来你不知道这件事。广泽的父亲再度看向大海。

“结果我们父子俩大吵一架。我对他说，太异想天开了，我让你去读大学，可不是为了让你毕业之后做这种事。如果想出国旅行，可以趁学生时代去啊，我花了大钱，让你有可以好好玩的时间，为什么要等到毕业之后再去？因为我一直认定他大学毕业之后就会回来，然后去公所工作。”

自己的父亲恐怕也会说同样的话。深濑在听广泽父亲说话时暗想。当然，深濑并没有出国旅行的打算。广泽为什么想去旅行？

“他什么时候和你谈的这件事？”

“三年级时新年回家的时候。”

那是认识深濑之前。也许广泽遭到父亲反对之后，在认识自己时，已经打消了这个念头。

“其实我根本没必要那样大动肝火。由树并不是说一辈子都不工作，只是一年而已，可能他想要去某个国家看看，或是想要做什么事……早知道应该至少听他说一说。”

广泽的父亲也有来不及听他说的事。深濑也想知道这件事，不知道广泽是否告诉过其他人。

“可不可以请你告诉我广……由树的朋友的联络方式。”

深濑决定把此行的目的告诉广泽的父亲，当然没有提到告发文和谷原的事。

“我从小就不擅长交际，由树是我的第一个好朋友，但是，当我越回想由树的事，就越发现自己对他一无所知，甚至觉得我和他之间的愉快回忆，也只是我的梦而已。”

“你可以告诉我你们之间最愉快的回忆吗？”

广泽的父亲似乎也想了解他所不知道的儿子的大学生活。深濑很难说出最愉快的回忆。因为和广泽在一起时，日常生活中微不足道的事都很快乐。电影、落语、牛丼……但如果要说，当然非那件事莫属。

“虽然可能是很微不足道的事，但我很喜欢和他一起喝咖啡。由树带了橘子蜂蜜来我家，建议我加在咖啡里，没想到超好喝。”

广泽的父亲默然无语地听着，眼睛一眨也不眨地看着深濑的双眼，好像试图注视儿子在深濑眼中的身影。深濑为自己只能和广泽父亲分享这种程度的事感到抱歉，如果换作是谷原，一定可以侃侃而谈广泽在打棒球时的情况，广泽的父亲应该会更高兴。

“原来是你啊。”

广泽的父亲露出笑容。

“啊？”

“我哥哥在我的橘园内养蜂。我老婆说，由树喜欢在吐司上加蜂蜜，所以就寄了很多给他。我忍不住数落她，未免寄太多了，我老婆就打电话向由树确认，结果挂上电话时，满脸得意的神情。由树告诉她，把蜂蜜送给朋友，朋友很高兴，还说那个朋友泡的咖啡很好喝。之后，我老婆皱着眉头说，那个朋友会不会是女生？我猜想她是吃醋了，所以就调侃她说，八成是这样，因为通常都是小情侣一起喝咖啡。”

“哪有……”

深濑感觉到自己脸颊发烫，用手背擦着脸上的汗水。广泽的父亲似乎觉得很有趣，笑了起来，但表情中有一抹阴影。

他可能听到儿子在抗议：“喂、喂，饶了我吧，我可没有这种嗜好。”

“我会向我老婆澄清的，家里有几个还住在这里的由树朋友的电话。”

广泽的父亲拿起放在脚边的水桶，用长柄勺子舀起水，仔细淋在墓碑上。深濑觉得广泽的父亲刚才好像在对自己进行面试，以决定能不能把儿子朋友的联络方式告诉自己，自己似乎通过了面试。

“谢谢。”

深濑对着广泽父亲的背影道谢，看着淋了水之后，在阳光中闪着清凉光芒的墓碑。

深濑来到位于广泽家门口那条坡道下方的市民运动场。傍晚五点，一群穿着制服的小学生正在运动场上练习棒球。球场上只有七个人，人数似乎不足。深濑这么想着，走向三垒旁的长椅坐了下来。那是在电话中约定见面的地方。

松永阳一正在击球区轮流向除了捕手和投手以外的各个位置击球，他朝长椅的方向看了一眼，立刻大叫着“小昴”的名字。原本站在二垒和三垒之间的小学生跑了过去，从松永手上接过球棒，似乎要代替教练。松永站在一旁看着名叫小昴的学生击了一球后走向深濑。

“不好意思，打扰你们练习了。”

深濑微微站了起来。松永说了声：“请坐。”然后在深濑身旁坐了下来。

“我才不好意思，请你来这种地方。因为我晚上刚好有事。”

深濑从广泽的父亲口中得知，松永从小和广泽一起长大，而且就住在附近。听说他继承了家里的酒铺，于是就直接去了店里。松永的母亲说，他每周六下午都担任本地少年棒球队的教练，并打了他的手机，联络了他。

“你是由树的大学同学吧？找我有什么事吗？”

“也不是什么事，我只是希望能向很了解广泽……的人，打听广泽是怎样的人。”

深濑之所以在松永面前感到自卑，是因为松永能够毫不犹豫地叫广泽“由树”。但他随即改变了想法，与其说是友情的程度，不如说是受到了认识时期的影响。还是小学生时，同学也都用深濑的名字“和久”叫他，即使不是那么要好的同学也一样。因为在狭小的城镇，无论父母、兄弟和亲戚都认识，如果只叫姓氏，根本分不清在叫谁。

“你是不是打算制作类似追悼文集的东西？我们这些老同学中，也有人提出过这个建议，因为从来没有想到，我们这个年纪，会发生有同学去世这种事，大部分同学都很受打击，我当然也一样。于是有人说，搜集大家送给由树的话，做成一本文集各自保留，但最后没有人主导这件事，也就不了了之了。”

你看起来很擅长主导这种事。虽然深濑这么想，但并没有说出口，而是很感谢他提供了说辞。

“你说对了，虽然时间隔得有点儿久，而且目前也还不确定会以什么方式呈现，但我希望尽可能向更多人打听广泽的事。”

如果说得天花乱坠，到时候就真的必须做一本这样的文集出来，但如果能够因此消除广泽朋友内心的警戒，让他们分享各种往事，即使真的这么做也无妨。深濑从皮包里拿出笔记本和笔。原本打算每天回饭店之后，记录当天了解到的事，但这样可能会遗漏重要的事。

他把笔记本上下颠倒后翻了过来，从背面开始记录。松永看到他翻开空白的那一页后，娓娓诉说起来。

松永和广泽是在小学四年级时加入本地少年棒球队“太阳队”的。学校发给大家少年运动的简介后，喜欢运动的男生几乎都想参加足球队，松永当然也不例外，但由于他父亲是太阳队的教练，比他大两岁的哥哥理所当然地加入了棒球队，所以他从一开始就知道自己没有选择的余地而不抱任何希望。只是他不想一个人参加棒球队，于是就邀广泽一起参加。虽然他们并没有约定，但几乎每天早上都在同一个地方见面，然后一起去上学。广泽虽然没被选为接力赛的选手，但松永发现他跑得很快。

最重要的是，他有自信，广泽应该不会拒绝他。

果然不出所料，当松永邀广泽一起加入太阳队时，广泽二话不说就答应了。因为广泽答应得太爽快，松永忍不住问他，不参加足球队没关系吗？

——棒球和足球，我都很喜欢。

广泽这么回答。那一年，包括他们两个人在内，有四名四年级学生加入少年棒球队，另外有四名六年级学生、三名五年级学生，所以松永和广泽练习了没多久，就上场参加比赛了。

在第一次正式比赛中，广泽大显身手。

“因为他身材高大，所以之前就猜想他力气应该很大，但连我爸都被他吓到了。”

在右外野防守的广泽直接接起了只差一点儿就算是全垒打的球，然后投向本垒。棒球在半空中划出很大的弧度，没有落地反弹，就飞进了捕手的手套中。

“是不是很惊讶，他的肩膀到底有多强？”

深濑听着松永得意扬扬地说着往事，看向右外野的少年。刚好轮到那名少年接球，球飞向右外野。他捡起在地上弹了两次的滚地球，用力投球。二垒手接住球之后投向本垒。深濑对高中棒球和职棒都没兴趣，但觉得眼前的传球才是正常的方式。

“我记得他在小学的田径运动会上，代表学校去参加了四国的垒球掷远比赛，六年级时得了第三名。”

“他的击球呢？”

“也很厉害，每次比赛，都会轰出一支全垒打，而且很会打牺牲短打。六年级之后当投手，会投各种不同的球。别看由树那样，他很灵活。”

广泽个子高大，给人优哉游哉的感觉。深濑一直以为他在别人眼中，是一个慢性子的滥好人，以为他和自己一样，和任何运动项目无缘，每次参加运动会就心情恶劣。

完全不是这么一回事……

“太厉害了，他这么活跃，在学校一定很受欢迎吧？”

深濑窥视着松永的表情问道，很担心自己的说话方式变得很自虐，但松永的眼中似乎只看到当时的广泽和自己。

“我刚才不是说了吗，那时候只有足球受欢迎，运动能力强的家伙全都参加了足球队，所以参加县赛时，成绩都很不错，班上的女生甚至成立了粉丝俱乐部，大家根本不把棒球放在眼里。”

是这样吗？深濑回想起自己读小学的时候，好像的确是足球队的男生掌握了班上的主导权。

“所以，我上中学之后，也去参加了足球队。”

“广泽也一样吗？”

“不，他参加了棒球队。”

没错，之前在斑丘高原的别墅时，广泽说，他读中学时参加了棒球队。

“为什么这次没有邀他一起参加足球队？”

“因为上了中学之后，大家都会自己决定想做的事，不会再说什么‘足球队更受女生欢迎，我们一起加入’这种话。”

于是，松永和广泽渐行渐远，高中也读不同的学校。松永在中学时代参加足球队后，无法成为正式球员，于是上高中后，再度进入棒球队，但广泽在高中时参加了排球队，所以也无法在练习时遇到。

“但有时候在路上遇到时，会站在那里聊天。最后一次刚好是在他发生车祸的一年前的夏天，我问他过得开心吗，他说和在这里时差不多，但可以去看夜场比赛很开心。”

“夜场比赛？是棒球的吗？”

“不然还有什么？”

松永说完站了起来，把手放在嘴巴两侧，对学生大叫着：“好，休息十分钟。”深濑觉得他也在暗示，差不多到此为止，于是合上了笔记本。

“谢谢你，我之前完全不知道广泽的棒球打得这么好，很高兴听到你聊这些。”

“是吗？”

松永腼腆地抓了抓头，好像突然想起了什么，从运动衣口袋里拿出手机。

“我帮你问问，和广泽读同一所高中的人有没有空儿。”

“真的吗？如果可以，最好约他明天白天见面。”

“星期天吗？那干脆找有空儿的人一起来。”

“这……”

深濑的话还没说完，松永就开始传电子邮件。深濑原本觉得最好一对一见面，除了能够了解广泽表面的事以外，也可以问一些比较深入的问题。

“不过，大部分人都离开这里了，因为事出突然，能够找到三个人就算很好了。深濑先生，你今天晚上会住在广泽家吗？”

“不，我住在车站前的海滨商务旅馆。”

“是噢，那请他们打你的手机，或是传电子邮件给你比较好吧？”

虽然深濑不是很愿意，但这样的确比较方便，他从皮包里拿出手机。

“话说回来……”

松永看着手机屏幕，一边打字一边说：“聊起这些事，还是无法相信由树开车失误这种事。”

深濑再度走在通往广泽家的坡道上，因为广泽的父母请他去吃晚餐。

火辣辣的夕阳照在背上，他的 POLO 衫全都湿透了，他感到不舒服的同时，回想起松永在临别时说的话。广泽的朋友认为，虽然他考到驾照不到半年，但难以相信会因此发生车祸。他们从小一起长大，只是中学之后，关系就不再密切，连松永都这么认为，应该还有其他人会有相同的疑问。

深濑绕去“松永酒店”买了一瓶葡萄酒给广泽的父亲，感谢他帮忙联络了松永。虽然广泽的父亲不了解真相，但深濑还是觉得送酒给他的行为很轻率。

即使有点儿尴尬，还是应该去幸运草咖啡店买咖啡豆，作为送给广泽父母的伴手礼才对。如此一来，就可以泡咖啡给他们喝，然后告诉他们，广泽说的就是这种咖啡，他们也许会感到高兴。

广泽家出现在前方，一天来两次，就不会觉得太远。那是一栋木造的两层日式房子，庭院很宽敞，他突然想到广泽以前可能在这里练习挥棒，眼前浮现出不曾想象过的广泽。

按了玄关的门铃后，广泽的母亲出来迎接。屋内飘出油炸物的味道。

“外面很热吧，来，赶快进来。”

深濑进了屋，在脱鞋子之前，递上了葡萄酒。

“你不必这么做，还特地为爸爸买……”

可惜深濑无法回答“因为我也想喝”，只能抓抓头说：“没有啦……”

“对了，深濑，你吃不吃荞麦面？刚才有朋友来家里，说是去出云大社旅行回来，送了伴手礼，因为是半熟的荞麦面，所以要赶快吃完。”

“那我就不客气了，我很喜欢吃荞麦面。”

“太好了。”

广泽的母亲说完，快步走去厨房。

深濑走进客厅，不见广泽的父亲。客厅内的冷气开得很足。房间中央的桌子上放着综合天妇罗、握寿司和醋腌章鱼小黄瓜，深濑觉得这些都是配荞麦面的菜式。

门打开了，广泽的父亲穿着汗衫和衬裤走了进来。他刚才似乎在洗澡。

“深濑，你回来了，有没有见到小阳？”

他是问松永阳一。

“见到了，他告诉我之前他们一起打少年棒球的事，听说广……由树无论防守、打击和投球都很厉害。”

“原来他这么说啊。”

广泽的父亲按着眼角，有点儿不好意思地对着厨房叫了一声：“妈妈，啤酒。”然后又转头问：“深濑，你有没有从事什么运动？”

“不，我在运动方面完全不行。”

“那喜不喜欢看呢？”

“不，也很少……”

“是噢。”广泽的父亲听了深濑的回答后应了一声，探头向桌子下方张望，拿出烟盒和烟灰缸。广泽的父亲一定觉得很无聊。自己到底来这里干吗？深濑忍不住感到自责。今天并不是去参加自己不感兴趣的聚餐，而是主动登门造访，却让对方忙着招呼自己，而且让对方为难，但他又想不到可以活跃气氛的话题。

“你们这几个人中，也有一个打棒球的，我忘了他叫什么。”

“是谷原！”

即使如此，广泽的父亲也仍然愿意提供话题，所以深濑很有精神地回答。

“听说由树有时候也会加入谷原的球队参加比赛。”

除了这件事，还聊了什么有关棒球的话题？他努力回想在斑丘高原别墅时的聊天内容，但想到谷原的名字，就会满脑子想他被推下铁轨的事。

“今天可不要排挤我。”

广泽的母亲端着放了菜肴的托盘走了进来，把装在玻璃容器内的荞麦面和蘸酱放在桌子上。

“真难得一见啊。”

广泽的父亲低头看着荞麦面的容器说。

“宫田太太说她去了出云大社。”

深濑也看着荞麦面。原来比平时吃的荞麦面粗了三倍。

“爸爸，深濑买了葡萄酒给你。”

深濑听到他们互叫着爸爸、妈妈，不由得感到心痛。

“你不必这么客气。”

广泽的父亲说，但深濑觉得不能只是笑笑作为回答。

“不，我虽然不会喝酒，但很喜欢大家喝了酒之后的愉快气氛，我会多吃菜。”

“这些菜够不够吃啊？”

广泽的母亲开心地说。

“那我也就不客气了，来喝你送的葡萄酒。”

广泽的父亲说完，广泽的母亲立刻去厨房拿了三个杯子过来，把三个杯子放在桌子上，在广泽父亲和自己的杯子里倒了葡萄酒，为深濑的杯子里倒了可乐。“干杯！”广泽的父亲拿起杯子，广泽的母亲和深濑也举起了杯子。虽然没有说为什么干杯，但三个人应该都想着广泽。

“对了……你们刚才聊到谷原。”

深濑伸手想夹天妇罗时，广泽的母亲对深濑说。

“对。”

“不久之前，由树高中同学打电话来家里，问了大学和由树同一个研讨小组成员的地址，说想要寄信给你们，所以我就告诉他谷原的地址，不知道他有没有收到。深濑，你有听说这件事吗？”

深濑放下筷子，努力让心情平静。

那个人写的信就是告发文。打电话的人就是凶手吗？

“广泽由树有一个姓古川的高中同学。”

走下广泽家门前的坡道，回到车站前的海滨商务旅馆，深濑在狭小的书桌上摊开了笔记本。广泽的母亲说，打电话去广泽家打听在大学和广泽同一个研讨小组成员住址的，是一个男人的声音。

——是怎样的声音？

深濑问。广泽的母亲一脸惊讶，似乎不了解这个问题的意思，但还是回答说，就是普通男生的声音。深濑一度想说出告发文的事，但又担心广泽的母亲以为在责怪她。更何况如果使用变声器，男人装成女人的声音，或是女人假装是男人的声音，广泽的母亲可能就不会轻易告诉对方谷原的地址。

——他叫什么名字？

——古川，他说和由树高中三年都是同一个班级。

对方似乎没有报上自己的全名。

——伯母以前有见过他吗？

——由树读高中之后交的朋友，我都没见过。

广泽的母亲说，他就读的西高中是学区内所有公立高中之中最好升学的学校，由于位置在距离家十五千米的邻町，所以广泽在放学后会去朋友家玩，但从来没有带同学回来过。深濑突然想到一件事，立刻问广泽的母亲，是否可以看一下广泽高中时的毕业纪念册。

——我们也找了很久，但怎么也找不到。

而且他们不知道毕业纪念册什么时候不见了。虽然看到广泽在高中毕业典礼那一天带回家，但不知道他放在家里，还是读大学时带走了。在广泽车祸身亡后，他们想要看毕业纪念册，但无论在家里，还是在他宿舍的东西中都没找到。

——不知道有没有给谷原添麻烦？

看到深濑没有说话，广泽的母亲担心地问。

——啊，不，对不起。因为我明天会和由树的几个高中同学见面，所以想看一下毕业纪念册，只是想先了解一下是怎样的学校。我不知道那个姓古川的同学有没有和谷原联络，我会传电子邮件问一下谷原。

不知道是否因为一口气大声说完这段话，他的肚子发出很大的声音。在“咕”的声音后，又发出了“咕噜噜噜”的声音，简直就像是漫画的场景。不知道广泽的母亲是不是觉得很好笑，她“扑哧”一声笑了起来。

——边吃边聊吧。

刚才默默听着他们说话的广泽父亲也愉快地说道。大家都拿起了筷子。

之后没有再聊广泽的事。在聊到深濑的工作时，他们提到家里的打印机似乎有点儿故障，深濑决定饭后帮忙检查一下。他打开打印机，清理了喷嘴。广泽的父亲说他帮了大忙，深濑不由得感到高兴。

——以前这种事，完全都交给由树处理。

广泽的父亲突然说道，让深濑感到难过不已。

我自以为是何方神圣，竟然跑来这里找凶手！

“广泽由树是遭人杀害。”

写完这行字，他又涂掉，直到完全看不清原来的字。该说出一切吗？该说出不会喝酒的广泽被半强迫地喝了酒，而且明知道他开车经验不足，还让他在天气恶劣的深夜，独自开往地形又窄又复杂，又有连续弯道的山路吗？

虽然谷原差一点儿送命，但也许凶手并不是一开始就想置他于死地。为了预防有人继续受害，也许不应该寻找凶手，而是必须说出真相。不一定要告诉警方，只要告诉广泽的父母，真心诚意地道歉，凶手得知之后，或许就会收手。

广泽的父亲也许在了解真相之后，也会把秘密藏在心里。

当面说这件事太痛苦，要不要用写信的方式？他打开抽屉，寻找有没有信封和信纸，发现放在桌角的手机响了。收到了来自一个陌生信箱的电子邮件。原来是松永联络的同学，说明天会和另一个同学一起与深濑见面。寄件者的姓氏并不是古川，虽然没有写名字，但从措辞来看，应该是女生。

深濑觉得如果只是寻找凶手，和这个女生见面并没有意义，但目前对广泽还缺乏充分的了解，笔记本上只写了三页而已。对了！深濑在写了指定的时间和地点的内容下方，又加了一行字：

“如果方便，请带毕业纪念册来。”

由于手机的闹钟设定没关，隔天早晨，和上班日一样，六点半就被大音量的电子声吵醒了。

昨天晚上，他写了一百句以广泽由树开头的句子后去冲了澡，躺在床上不到十分钟就睡着了，电视也没关。之前美穗子很惊讶地问他，为什么电视和灯没关，还可以睡得着。但自从美穗子递上告发信的那天晚上之后，他就再也无法熟睡。这次可能因为在坡道来回走了几次起到了作用，再加上心情也很好。

虽然很在意那个姓古川的高中同学，但从和广泽一起长大的朋友口中得知了以前不了解的广泽，自己内心的广泽更加立体了，也因此感到了满足。最重要的是，和广泽的父母相处融洽，让紧张的心情顿时放松了。

即使闭上眼睛也无法入睡，他干脆起床漱洗，打算出门散步。因为商务旅馆没有提供早餐，所以他打算去附近的便利商店买早餐，找一个风景不错的地方吃。

他在旅馆隔壁的隔壁的便利商店买了冰咖啡和三明治，但没有走向广泽家那一带山的方向，而是沿着国道走向大海。

“广泽由树高中时骑脚踏车上学。”

他用手机搜寻了到西高中的地图，心想广泽以前就是沿着这条海岸线骑去学校，忍不住打量着周围。

一直以为濑户内海的海水是蓝绿色，但眼前这片平静的大海一片蔚蓝，仿佛反射了夏日的天空。广泽骑车上学时，是不是觉得这样的大海也很漂亮？不，他很熟悉这片风景，只有外地人才会说，大海很漂亮，或海风很舒服这种话。

他走去岔路，坐在可以眺望大海的堤防上，打开了三明治。如果自己也在这里出生，会和广泽一起上下学吗？放学后或假日，会这样看着大海，一起吃面包或饭团，讨论升学的问题吗？

深濑，我想出国旅行一年。

广泽会和自己分享梦想吗？广泽想去哪个国家？昨天为了检查打印机，打开了广泽家的老旧计算机时，想到计算机上不知是否留下了广泽搜寻的记录，但随即觉得应该会有更多他父母的隐私，所以尽可能不碰计算机。

如果发现搜寻广泽车祸的记录……

等一下。他喝了一口冰咖啡。广泽的手机虽然烧掉了，但他在大学时使用的笔记本电脑应该还留着，笔记本电脑的电子邮件数据夹内，是否有他好朋友的电子信箱？深濑只知道广泽手机的电子信箱，即使真的有古川这个朋友，即使真的如谷原所说，广泽有女朋友，应该也是用手机联络。

等一下见到广泽的老同学时，也要向他们打听广泽女朋友的事。

深濑喝完了咖啡，面对大海站了起来，用力伸着懒腰，为迎接新的广泽做好了准备。

虽然深濑对旅馆并不是很熟，但坐在海滨商务旅馆一楼大厅旁的咖啡厅四处打量时，觉得旅馆这种地方并不属于当地民众，反而是外来客的地盘。说得夸张一点儿，有点儿像是大使馆。当地人并不会在商务旅馆这种地方举行婚礼或尾牙[①]这种宴会，所以对当地人来说，虽然知道这个地方，却很少会踏进来。难道是因为周围听到的谈话声中并没有夹杂本地方言，所以才会有这种感觉吗？

一个人的时候，不会觉得这里是自己的地盘，但如果和几个朋友一起聊得很开心，可能会一时忘记这里是遥远的城镇。

事实上，在距离很远的座位上，就有三个大声说着关西话的大婶，渐渐消除了他正在爱媛县的感觉。

“请问是深濑先生吗？”

深濑光注意那几个大婶，没有及时发现有两个女人走到自己面前。

“我就是。”

他忍不住像和客户谈生意时一样，起身恭敬地站在那里。听到两个女生笑着说“真好玩”时，额头上顿时冒出了汗珠，但他努力告诉自己，对方和自己同年，才勉强完成了自我介绍。

① 尾牙：闽南地区的民间传统节日，商家一年活动的“尾声”，也是普通百姓春节活动的“先声”。

那两个女人分别做自我介绍，她们叫上田麻友和吉梅葵，随兴的打扮显示她们是本地人。传电子邮件给深濑的是麻友，除了手提包以外，还背了一个应该是装了毕业纪念册的尼龙袋，但叫大家“坐下来再聊”，主导场面的是葵。听她们说，这里的松饼很好吃，深濑虽然不饿，但也点了松饼和热咖啡。

“麻友，你和广泽从小学到高中一直是同学，要不要由你先说？”

刚才还觉得商务旅馆是外地人的地盘，但本地人一出现，气氛就立刻改变了，简直让深濑为刚才的想法感到无地自容。听到葵也用“广泽”来称呼广泽，他就觉得渐渐接近了自己所认识的广泽。点逐渐变成线的预感，让他内心兴奋不已。

“只要是有关广泽的事，任何事都没关系，请你告诉我。”

深濑充满期待地看着麻友，但麻友面露难色地用食指抓了抓额头。

“我受小阳之托来这里和你见面，虽然我们高中同校，但能说的也和小阳差不了多少，而且我和由树也只有中学三年级时同班而已。”

即使如此，她仍然很自然地称广泽为“由树”。

“即使很稀松平常的事也没关系。比方说，如果要写五句广泽由树是怎样的人，你会写什么？差不多就是这种感觉。”

“这就像是国文考试，应该说更难吧？”

“那如果玩联想游戏，要出一题答案是广泽由树的问题呢？”

“首先，他很大，应该说个子高大比较好。”

麻友一口气说完，但似乎说不出下文，注视着半空陷入了思考。

“他功课很好，但我直到中学三年级快结束时才知道这件事。数学课时，老师出了一道有点儿像智力测验的难题，还说只要有一个同学答得出来，今天就让大家自习，但没有人主动举手回答，结果老师问，广泽也不会吗？我记得当时自己很惊讶，老师这么问，代表由树的功课非常好。由树被老师点到名之后，就开始解题。因为他即使得到全班最高分也不会炫耀，所以我之前完全不知道他功课这么好。从这一点来看，他这个人很低调。”

深濑觉得很像是广泽的风格。

“而且，他在棒球队时的投球技术很好……还有，就是他很善解人意。

“听说有一个在班上当老大的男生叫全班同学都不要理班上某个软弱的男生。

“虽然大家都不想这么做，但如果不听从他的命令，到时候自己可能会成为箭靶，结果大家都很不甘心地听从了他的指示，只有由树一如既往地和那个软弱的男生打招呼。”

不知道为什么，深濑不是对广泽，而是能够对那个遭到无视的男生的心情感同身受。那个男生当时不知道有多高兴，受到多大的鼓舞。深濑好像自己受到保护般，内心涌起一股暖流。

“但是，广泽这么做，他不是会变成被霸凌的对象吗？”

“嗯，那个男生揪住他，骂他是叛徒，但因为由树个子高，所以对方也感到害怕，之后就没再找他麻烦。也许由树预料到这样的结果，才会保护那个软弱的男生。”

深濑完全同意麻友的意见。

“我觉得并不是体格的问题。”

刚才默默听着他们说话的葵大声反驳。

“难道你们真的以为是因为他身材高大，所以敢反抗班上的老大吗？”

虽然葵嘴上说“你们”，但视线集中在深濑身上。深濑很怕她继续说：“这只是你们为了掩饰自己的自卑所找的借口而已。”因为深濑很清楚事实上就是这么一回事，麻友应该也知道。但是，有时候自己也会真心认为，如果身高再多长五厘米，如果腕力稍微再大一点儿，至少如果可以不驼背，也许就可以多一点儿勇气，也许会变得更积极。不，无法变得这么正面。

但至少不会感到自卑了。

“外貌的影响很大啊，并不是每个人都能像你一样有话直说啊。”

不知道是否习惯了葵的咄咄逼人，麻友轻松地反驳道。

“像你这样把自己的行为合理化，懂得看风使舵的人都很精明，很懂得为人处事，每天都可以过得很开心。”

虽然葵说话的语气很平静，但还是不留情面地继续批评。她又瘦又矮，并不漂亮，也不可爱，外貌很普通，如果从小她就用这种方式主张自己的正义感，在学生时代的处境恐怕令人堪忧。深濑回想起自己的中学时代，发现自己班上也有这种类型的人。

有一天，他去学校时，发现气氛不太对劲。不到半天的时间，他就发现班上的同学都故意不理自己。深濑原本在班上就很不起眼，每天早上没有几个同学会向他道早安，即使在教室门口遇到，同学也经常不抬眼看他，但那并不是无视，而是无意识之下的行为。然而，那天却不一样，同学都刻意避开他。既然要无视，可以像平时一样对他视而不见，但那些同学故意绕一个大圈子走开，或干脆转身跑开，好像有人规定不能走进深濑周围半径一米的范围。再迟钝的人，也会发现自己遭到了故意的无视。

虽然他不知道谁是主谋，也不知道自己哪里得罪了别人，但他告诉自己，只要忍耐一个星期，一切就会恢复原状，所以故意面不改色，假装这种事根本无法影响自己……

——我觉得这样太奇怪了。

一个女生在班导师上国文课时突然双手用力拍桌，站了起来，然后当众告诉班导师，深濑遭到全班的故意无视，暗指班导师太失职，竟然没有发现这件事。于是国文课改成了班会课，当班导师问哪些同学不理睬深濑时，除了告状的女生以外，全班同学都陆续举起了手，结果在没有查出谁是主谋的情况下，全班同学都站起来，对着深濑鞠躬道歉："对不起！"以闹剧的方式结束了对深濑的无视。

下课后，那个女生特地走到深濑的座位前。

——遇到讨厌的事，下次要自己说讨厌，否则在快忘记的时候，又会遇到相同的事。

其实比起发动故意无视他的首谋，深濑更想狠狠地揍她一顿。

"深濑先生，你是不是觉得我这个人很讨厌？"

"呃……"

他慌忙收起差一点儿举起的手。如果伸手去摸冒着汗的脸，就代表肯定的意思。"让各位久等了。"服务生刚好在这时将散发着奶油香味的松饼送了上来，深濑点的松饼上只有奶油，她们点的松饼上有挤成冰激凌状的鲜奶油和红色草莓酱。

"先吃吧。"

麻友很有精神地说。她虽然了解葵的性格，但可能没预料到葵会用一贯的态度对待初次见面的深濑。

"这里的厚煎松饼一直很受本地人的欢迎，在松饼热潮之后，就把菜单也改成松饼的样子了，让人总觉得有点儿怪怪的，由树应该也来这里吃过。"

麻友努力改变话题。深濑也回答说：“看起来很好吃。”拿起刀子切松饼。

“行动和想法并不是随时都保持一致，几乎所有的人都能意识到，自己的行为并不是最出色的，但有时候可以因此维持世界的协调。有时候指出一些当事人没有察觉的事，可以进行改善，但如果指出当事人早就意识到的事，却无法改变任何事，相反地，反而会让对方觉得丢脸，让对方变得更固执。”

深濑和麻友吃着松饼，葵没有拿刀叉，一个人继续说道。深濑没有抬头看葵，专心吃着松饼，在心里咒骂说，你才言行不一致吧。

“是不是很矛盾？因为刚才这番话不是我的想法……而是广泽对我说的话。”

深濑放下刀子抬起头。

“你终于正眼看我了。你可以边吃边听，但请你仔细听我说广泽的事。”

“对不起……”

深濑说这句话的声音几乎连自己也听不到，他抬头看着葵，更不知道葵有没有听到他说的话。

高中一年级时，葵和广泽同班。第二学期时，班上发生了霸凌现象。一个在中学时代毫不起眼的男生，在运动会和文化祭上很出风头。和那个男生同一所中学毕业的另一个男生心里很不是滋味，于是就开始找麻烦。葵和那两个男生读不同的中学，所以起初只是远观，但有一次发生了让她无法忍受的事。

“那个霸凌的男生之前一直是直接叫另一个男生的名字，但有一次突然用一个陌生的姓氏叫他，然后笑着说：‘啊，对不起，对不起，你中学的时候姓那个姓氏，一下子叫错了。’”

霸凌的男生在所有同学面前公开另一个男生父母离婚的事，然后调侃他。不只葵，其他人听了也会感到不舒服，至于会不会出面制止，则另当别论。遇到这种情况时，该说什么呢？叫他不要说这种话吗？

“你说了什么？”

“我说不要因为自己在中学时代是风云人物，就见不得别人好。”

完全是直球攻击。可能话刚出口，就会挨拳头。

“结果没事吗？”

“不，那个男生走到我面前，用力踹倒我的桌子。”

那个男生应该算是节制了，但是，葵仍然很害怕。桌角撞到了她的大腿，椅子大声倒地，原本放在课桌内的笔盒和课本都掉在了地上。

“没有人来帮我，连原本觉得是朋友的同学也一样，就连我为他说话的那个男生，也只是远观而已。我什么话都说不出来，只是拼命忍着泪水，这时，广泽走了过来。”

广泽并没有对那个男生说“住手”，也没有挡在葵的面前保护她，只是扶起倒在地上的椅子，把地上的课本和笔盒捡了起来，放在课桌上。在广泽做这些事时，踹倒桌子的男生咂着嘴，走出了教室，之后没有再找葵的麻烦，也没有再霸凌另一个男生。

深濑的脑海中可以清楚重现广泽不发一语地捡课本的身影。高大的背影本身或许就有一种威严，但是，现在他觉得广泽当时挺身而出，和他的身材高大无关。广泽内心根本无意评断善恶，只是想让纷争和霸凌落幕。如果自己挺身能够解决问题，他会毫不犹豫地踏出那一步。他就是那样的人。

所以，那时候他喝了啤酒。

所以，那时候他答应去接村井。

虽然深濑感到眼眶发热，但葵的话还没有说完。她感谢广泽为她解围，并相互交换了电子邮件信箱。有话直说的葵经常觉得传电子邮件太慢了，就直接打电话给广泽。她刚才说的那番话，就是广泽当时在电话中告诉她的。

葵会不会是广泽的女朋友？葵一旦得知车祸真相，很可能会寄告发文。如果发现他们几个人没有反省，应该会毫不犹豫地采取下一步行动，难怪她一见到深濑，就表现得咄咄逼人。

“葵，你和由树交往了吗？”

麻友问道。虽然好像看透了深濑的想法，但她应该只是自己感到好奇。他们两个人都看着葵。

“不，”葵露出好像快哭出来的表情摇了摇头，“虽然我喜欢他，虽然很想在情人节向他表白，但后来没有这么做。”

她并不是无法这么做。

“你不是向来有话直说吗？为什么在这种事上畏首畏尾？”

深濑觉得麻友说话的方式很像幸运草咖啡店的老板娘，忍不住在心里为她喝彩，问得好，再多问一些。

“因为，一旦我说了，他就会说：‘好啊。’”

虽然觉得葵说话太狂妄，但见她脸上露出了落寞的笑容，深濑默然无语地等待她的下文。

“我起初以为广泽和我是相同的颜色，虽然不认为红色就代表正义，但我在看人的时候，会用颜色来比喻对方。这个人是同色系，这个人是相反色，这个人是互补色。当我用美术课学到的十二色相环来判断时，觉得即使和合不来的人也能够相处融洽。对不起，我的比喻方式有点儿奇怪。”

“不……”

深濑也曾经用颜色来比喻自己的人生。

“我从中学开始就一直这么想，却完全没有遇到任何和我相同颜色的人，但广泽和我一起对抗霸凌，我们在聊书和电影时也都很投机。我在吃七彩巧克力豆时想到，表面上我们属于不同的颜色，但我觉得内在也许是相同的颜色，所以想努力看看，如果在情人节送他七彩巧克力豆，不知道他能不能了解我想要表达的意思。只不过在持续观察广泽之后，渐渐发现不是这么一回事，然后知道自己对他的认识有很大的误解……麻友，如果要你用颜色来形容广泽，你会用什么颜色？”

麻友突然被问到，似乎有点儿惊讶，“啊！”了一声，抱着双臂，思考片刻后回答说是橘色。

“因为那是太阳队球帽的颜色，哦，太阳队是他参加的少年棒球队。”

“真不愧是从小和他一起长大的同学，太羡慕了。因为我从来没看过他打棒球。深濑先生，你觉得是什么颜色？”

虽然深濑预料到葵接下来会问自己，但还是和麻友一样，抱着手臂陷入了思考。受到麻友刚才说的橘色影响，联想到蜂蜜和咖喱的黄色，但如果是广泽内心的颜色，应该不是黄色，而是更宽广、更大气的颜色。

“蓝色吧，像大海或天空的颜色。”

“我能理解，但是，我觉得……他是透明色。无论是个性很强的颜色，还是灰暗的颜色，透明的广泽都会接纳，所以会让人误以为是和自己相同的颜色。只要他没有女朋友，任何人向他表白，他都会说‘好啊’，然后渐渐融入对方的颜色。既然这样，我就不能让他染上像我这种很自我、很惹人讨厌的颜色。所以在重新分班，和他不同班之后，我就不再传电子邮件给他，也不再打电话。”

深濑觉得虽然葵和自己或许是不同的颜色，但就像绿色和紫色中都有蓝色一样，构成他们的颜色中，应该有相同的成分。

“由树没有说什么吗？”

麻友问。

“他只问了我一次为什么，我回答说，我和透明人不和，他就懂了。”

“是吗？是这样吗？我搞不懂。”

麻友哭丧着脸，但深濑觉得能够理解葵的心情。

“广泽在大学时……身边有没有这样的人？”

葵问完之后低下了头。深濑觉得她和受松永之托来这里的麻友不同，她来这里，不是想聊广泽的事，真正的目的是想问这件事。同时想知道广泽的大学生活，想要补充广泽人生中，她不了解的那个部分，所以和自己的目的相同。深濑决定如实告诉她自己知道的事。

“虽然我完全没有察觉，但有朋友说，他在礼品店买了女生喜欢的手机吊饰，他应该有女朋友，所以我反而想问你们两位这个问题。”

深濑很想说对不起，但还是把话吞了下去。对不起，我无法回答你的问题。

“没关系，谢谢你，如果他有女朋友，我会很高兴，但很希望是广泽主动向那个女生表白。”

葵说完，拿起刀子，把鲜奶油已经融化的松饼切成四等份，把一片比嘴巴还大的松饼塞进嘴里。深濑觉得她借此表示已经无话可说了。

“啊，对了，趁没有忘记，先把这个给你。”

麻友把放在脚下篮子里的尼龙包递给深濑。深濑接过时，发现很沉重。打开尼龙包一看，里面有小学、中学和高中的三本毕业纪念册。原本以为只有高中的毕业纪念册，没想到还有小学的，所以暗自感到高兴。

“谢谢你，真的帮了大忙。”

深濑盘算着也可以拿给广泽的父母看。

“你不是受由树父亲的委托，要制作类似追悼文集的东西吗？”

虽然不知道松永当初是怎么跟她说的，总之变成受广泽的父亲委托制作文集，所以麻友才努力回想广泽功课的事和霸凌的事，尽可能详细说明当时的情况。

“我没有自信，不知道能不能做出像样的东西。”

“从那么好的大学毕业，你太谦虚了。既然由树的父亲委托你这件事，代表你是来参加葬礼的人中，由树最好的朋友？”

“嗯……算是这样吧。”

如今，他对这件事没有太大的自信。

“那我有一个问题想请教，由树是因为开车去接朋友，才会发生车祸。听说和他一起去旅行的同学很后悔，说早知道应该搭出租车去，或应该阻止他，也向由树的父母道了歉，是不是这样？”

深濑默默点着头。麻友虽然面带笑容，好像在闲聊般问这些事，但深濑觉得腋下冒着冷汗。

“在讨论要不要接那个同学时，是不是一开始就是以由树去接为前提？”

“为什么这么问？”

“这不是我的意见，而是这一带婆婆妈妈的八卦说法。她们觉得因为由树人很好，所以不会拒绝。该怎么说，这里的人都觉得是你们害死了由树，但伯父为什么会委托你制作追悼文集，让我感到不解。”

“哪有！我，不，我们……发自内心地为那天晚上的事感到后悔，也为广泽的死感到难过。至少我，对我来说，他是我人生中第一个好朋友。”

深濑用力握紧了放在腿上的拳头，虽然全身都很用力，泪水却缓缓从眼中滑落。

“对不起，我说了这么失礼的话。那就希望你制作出一本出色的文集。毕业纪念册什么时候还我都没有问题，用完之后可以寄去小阳家，我们走吧。”

麻友催促着葵，她们并不是对深濑流泪感到抱歉，而是有点儿不知所措。葵什么话都没说，她没有责备麻友，可见她也相信了那些传闻。

谢谢你们特地来这里，谢谢你们抽空前来。虽然深濑知道自己必须向她们道谢，但只能微微鞠躬。当他回过神时，发现她们拿走了账单，各自付了自己餐点的费用。

应该由自己来付。但即使现在去收银台，也会遭到拒绝。她们一定不想让夺走从小一起长大的朋友和同学的人请客。

是不是因为受到广泽父母的热情招待，就误以为已经获得了原谅？是不是因为在葬礼时，能够坐在家属旁，就真的以为自己是广泽最好的朋友？

难道真的以为可以一边喝咖啡，一边心情愉快地听广泽的老同学聊往事吗？根本没有任何人原谅自己，这和他们知不知道广泽喝酒这件事毫无关系，即使没有喝酒这件事，他们也认为是自己和另外三个人害死了广泽。

即使找到寄告发文的凶手又怎样……

他很想就这样离开，但发现离下一个约会只剩下不到十分钟，就立刻站了起来。因为对方说要边吃午餐边聊，所以指定了见面的地方，那是车站前商店街上的一家中餐馆。

因为刚好是午餐时间，餐馆内人满为患，当他报上“冈本”的姓名后，服务生带他来到二楼的榻榻米房间，虽然不是包厢，但房间内没有其他客人。一个男人坐在最后方的桌子旁，一看到深濑，立刻举起一只手，露出爽朗的笑容。

他是麻友帮忙约到的排球队队长冈本翔真，长相英俊，皮肤白净。他一定很有异性缘。深濑心神不宁地在冈本对面坐了下来。

虽然他们同年，但旁人一定不会觉得他们是朋友，很可能误以为冈本以介绍女朋友为诱饵，诱骗深濑购买英语会话教材。

深濑不时偷瞄着冈本帅气的脸蛋这么想，但是，当眼神不经意交会时，他发现冈本正目不转睛地看着自己，忍不住双手搓着脸颊，担心脸上还有泪痕。

“你参加了葬礼吗？”

“有啊……为什么这么问？”

深濑问。冈本有点儿为难地抓了抓头。

“我可以说一些很没礼貌的话吗？”

光听到冈本的预告，深濑内心就涌现窒息般的不安，但无论任何事，都应该听对方说。

“你不必客气。”

当他回答时，服务生走了过来。冈本没有打开菜单就说："这里的汤面很好吃。"点了自己的份，深濑也点了相同的汤面。

"你要不要坐得轻松点儿？"

听到冈本这么说，深濑改变跪坐的姿势盘腿而坐。

"葬礼的时候，我听其他人说，坐在那里的是广泽大学时的同学，我感到很高兴。"

深濑抬起头，注视着冈本的眼睛。他刚才说"很高兴"？

"因为那是一所好大学，原本以为都是一些书呆子，但发现你们几个很有型，或者说很帅气，看起来很开朗，应该很受女生欢迎，很高兴他终于能够和这种人交朋友了。"

深濑完全听不懂冈本在说什么。

"高中的时候，参加修学旅行或文化祭之类的活动，大家不是通常都和社团的朋友玩在一起吗？我也理所当然地认为广泽会加入我们，没想到他每次都说，已经和其他同学约好一起玩，婉拒了我们。那个同学很不起眼，根本没有其他朋友，广泽心地善良，当对方露出好像流浪狗一样的眼神靠近他，他就不忍心拒绝，那个人明明一无是处，却自以为是广泽的好朋友。既然是不起眼的人，就应该去结交不起眼的朋友，他却觉得自己和那些不起眼的家伙不一样。"

冈本说的每一句话都刺进深濑的心里，虽然冈本并不是在说他。

“我想到一个比喻！就像是丑八怪的女人拿了一个高级名牌包，那个家伙并不是喜欢广泽，只是想和各方面都很厉害的人在一起，显示自己并不属于不起眼的那群人，但只有广泽理他。”

所以，冈本看到谷原、村井和浅见，觉得他结交了相匹配的朋友，内心为他感到高兴。

“但那个不起眼的同学可能真的喜欢广泽。”

即使被冈本发现是以自己的立场在说这句话也没有关系，而且冈本是觉得深濑和那个朋友很相似，才会说这番话的吧。

“不知道啊，但难道不会想到要让广泽自由吗？一旦知道广泽有机会结交更高层次的朋友，自己就黯然退出，才是友情啊！”

广泽也这么想吗？比起和自己在一起，他更想要和谷原他们在一起吗？……也许是这样，所以才没有把参加谷原棒球队、和村井一起去吃咖喱的事告诉自己。

“我也想见见那个朋友，可以请教他的名字吗？”

“好啊，但不要说是我告诉你的……古川，古川大志。”

冈本在桌子上徒手写着汉字——古川。深濑刚才听到一半时，就有了这样的预感。

“啊，但他不在这里，因为他连读大学也跟着广泽。”

虽然古川没有考上同一所大学，但他就读了东京的另一所私立大学，毕业后也没有回老家。深濑他们的大学不在东京都内，但对冈本来说，关东圈都算是同一个地区。古川也没有来参加广泽的葬礼。

“你知道他的联络方式吗？”

“我不知道，不清楚有没有人知道……我和古川读同一所中学，可以帮忙打听看看。”

冈本立刻拿出手机发电子邮件，深濑看着他的手思考着。

要不要趁这个机会问一下？不，即使不问也很清楚，古川大志一定很像自己。如果用葵的方式来比喻，就是有相同的颜色。

深濑抵达松山机场时，手机响了。他把装了两大瓶橘子蜂蜜的纸袋放在脚下后拿出电话，是冈本用电子邮件传来了古川的手机号码。

虽然他很想立刻去见古川，但这并非当务之急。

必须先去见一个人……因为刚才在毕业纪念册中发现了那个人。

第五章

幸好是搭飞机，让深濑稍微恢复了冷静。如果回到家之后才翻开广泽高中时的毕业纪念册，即使是深夜，应该也会拿起电话。如果搭新干线也一样，一定会拿着手机走去车厢之间的连接处，为列车的轰隆声和进入隧道收不到信号而咂嘴的同时，向浅见他们报告自己发现了出人意料的事。

出人意料的事？坐在飞机上，为了平复心情，他想要模拟在毕业纪念册中发现的那个人的想法，和这起事件的过程，突然他和窗户上的自己四目相接。那个人是广泽的高中同学，能够只因为这个，就认定是对方寄了告发文吗？他觉得坚硬的玻璃窗上的自己比活生生的自己稍微冷静地问了这个问题。

也是那个人把谷原推下铁轨？以双方身材的落差，有办法做到吗？而且，那个人是单独行动吗？会不会有共犯？

想到这里，眼前浮现出毕业纪念册中的另一张照片——古川大志。高中时代和广泽成为好朋友，一直追着广泽去东京读大学，在广泽死后，打电话去广泽老家，说想知道广泽念大学时同一个研讨小组成员的联络方式。

不能急着下结论。为了了解广泽的人生，不是依次见了广泽的父母和他以前的同学吗？只要见到古川，一定可以顺藤摸瓜，找到下一个。即使已经猜到下一个人是谁，也不能跳过古川。

为什么要再三告诉自己，必须和古川见面？深濑的视线从窗户上移开后，再度面对窗户，让自己的脸再度出现在窗户上。

他内心早就有了答案。

深濑回家打电话给古川时，照理说，古川的手机上应该显示的是陌生的号码，但可能冈本，或是其他同学已经联络了古川，所以古川完全没有戒心地报上了自己的姓名，然后问："有什么事吗？"感觉好像在等这通电话。

而且，古川在言谈之中还暗示已经调查过深濑。当深濑提出想见面聊一聊时，古川二话不说就答应了，说自己也正有此打算。决定见面的地点时，深濑不知道古川住在哪里，原本以为古川也不知道自己住在哪里，没想到……

——我可以去你公司附近，是不是西田事务机株式会社？

为什么？这句话已经冲到喉咙，但深濑吞了下去。不能让对方察觉到自己的慌乱，他故作平静地指定了之前去买咖啡豆的那家店。幸好古川没有接着说，就是你之前吃蜂蜜吐司的那家店吧？他对古川产生的畏惧也减少了一半。

古川先抵达了约定的地方。长相和毕业纪念册上的照片相差无几的瘦小男人心神不宁地坐在挤满了女性客人的饮用区最角落的座位，深濑走上前去确认，但又觉得即使自己没看过照片，应该也会认出他就是古川。

"啊，那个，让你久等了。"

由于不知道古川到底掌握了自己多少信息，所以深濑原本打算用强势的态度面对他，以免被他吃定了，但一边擦着额头的汗，一边说出口的话却很小声，几乎被嘈杂声淹没。

"不，没事。"

古川微微起身，抓着头，鞠了一躬。两个人互看了一眼，露出分不清是想要挤出笑容，还是只是扬了扬嘴角的表情，面对面坐了下来。可能古川刚才对服务生说在等人，所以当他们一坐下，服务生就走过来为他们点饮料。深濑没有打开饮料单，就点了热咖啡，古川也点了相同的饮料。

深濑喝了一口冰水，重新瞥了古川一眼。虽然双方视线在瞬间交会，但无法判断到底是自己还是对方先移开视线。可能双方都在不时偷瞄对方。这样不行。深濑微微深呼吸，坐直了身体，直视古川。当两个人眼神交会时，古川也不再移开视线了。紧张的气氛中，深濑不知道该如何开口。虽然是他打电话给古川，约他见面。

“对了，这里的吐司也很好吃，而且会搭配严选的蜂蜜。”

深濑看向杂志架旁的小黑板，上面写着“奈良县吉野的樱花蜂蜜”，看了很心动，完全忘了两个大男人在一起吃蜂蜜吐司有点儿丢脸。

“原来还有樱花蜂蜜，感觉应该很好吃。”

古川小声地说。在服务生送咖啡上来时，深濑点了两人份的吐司。

樱花蜂蜜没有橘子蜂蜜那么黄，深濑在吐司上淋了满满的蜂蜜。古川倒了少许蜂蜜在白色的盘子角落，可能想要先尝尝味道。

“你和广泽经常来这里吗？”

古川低头看着盘子问道。古川先提到广泽的名字，好像先发制人地展开了攻击，让深濑有点儿畏缩。

“不，我上次偶然走进这家店……为什么这么问？”

“他不是很喜欢蜂蜜吗，他家里也有很大瓶的蜂蜜，他叫我带回去，我就带回去了，现在还放在冰箱里。”

古川用咖啡的茶匙前端在蜂蜜上画着圆圈，淡淡地说着话。深濑原本想要问古川，他和广泽到底有多要好，上了大学之后，仍然有来往吗，在深濑是广泽的朋友时，广泽和古川还有见面吗，但现在已经不必问了。

“你是不是有点儿受到打击？原本以为只有自己是广泽的好朋友。”

虽然古川话语中并没有调侃的意思，但深濑顿时感到脸颊发烫。

“你凭……”

原本想要说“你凭什么说这种话”，但最后还是无法说下去。不能让对方觉得已经看透了自己的心思，所以他故意微微偏着头，想要表示听不懂对方在说什么。即使对方觉得自己演技很差也没关系，因为古川应该也和自己差不多。古川完全不在意深濑的内心小剧场，继续说了下去。

“既然你和广泽读同一所大学，也许不需要再问，你……在中学和高中，尤其在中学时，在班上是不是算成绩很不错？”

深濑既没有承认，也没有否认，一心想着视线不能移开古川的双眼。

“周围都是一些笨蛋，但不知道为什么，自己在班上的地位很低，甚至可能被全班所有的人看不起。女生认为自己和那些宅男一样，都被归类为不起眼的那个族群，每天都郁郁寡欢，很想对那些女生说，别把我和他们混为一谈。”

古川说着，自嘲地笑了笑。

“你觉得自己因为住在乡下这个地方，所以才会过着这样的学生生活。那些试图在狭小的世界排名的家伙，都会贬低比自己优秀的人。真是受够了，应该有更适合我的世界，那里才有配得上我的朋友，能够了解我。”

古川滔滔不绝地说着，好像完全了解深濑迄今为止的人生。深濑很想捂住耳朵，但是，他告诉自己，并不是这样。在看到古川的瞬间，不，在见面之前不是已经觉得自己和古川很相像吗？虽然长相不同，但两个人的外表都属于不起眼的那一类。但其实外表根本不重要，深濑也不了解古川的性格，关键在于他们别扭的方式一样。古川好像在说深濑，但其实是在说他自己的情况。

即使这样，也不要把我和你归为同类。深濑在心里反驳。

“遇到广泽时，你是不是觉得终于遇见了？”

深濑回想起大家在研究室自我介绍的那一天。村井、谷原、浅见全身散发着自信，让深濑感到自卑，看到广泽后，暗自松了一口气。但是，如果当时换作是古川，而不是广泽，即使古川和自己散发出相同的感觉，自己仍然会为不得不和他成为一组感到沮丧。

广泽长相不差，个子高大，个性也很开朗，但不会让别人产生压迫感。广泽浑身散发出这样的感觉。

虽然明知道这代表自己宣告认输，但深濑还是忍不住点了点头。

“和广泽在一起，就会觉得那些拼了命想要排名的家伙真的很无聊，也忍不住同情那些汲汲营营的家伙，觉得他们太渺小了。广泽向来不说别人的坏话，也不会抱怨或发牢骚，愿意接受眼前的一切。他是一个坦诚自在的人。”

深濑虽然不甘心，但还是点了点头。

“所以，他可以看到我身为一个人的本质。和那些表面上装得人模人样，却在背地里拼命挣扎、扯别人后腿的人不一样，和我自己一样，他是能够看清本质的人，所以想和我交朋友。”

虽然深濑没有这么想过，但的确觉得自己和广泽是同类。深濑再度轻轻点头。古川心满意足地用嘴角笑了笑，在冷掉的吐司上加了大量蜂蜜咬了起来。

深濑也喝了一口冷掉的咖啡。不知道是不是冲泡的方式不同，这里使用的是所谓的严选咖啡豆，但舌尖上留下了隐约的涩味。上次没有察觉，之前在幸运草咖啡店喝咖啡时，也从来没有这种感觉。

“……嘛。”

深濑专心思考咖啡的事，没有听清楚古川小声说了什么，所以反问了一声："啊？"

"我说，怎么可能嘛。"

古川放下手上的吐司，故意大声叹着气。

"你和我很像，我们应该可以成为好朋友……如果听到我这么说，你会不会有点儿生气？"

虽然不至于生气，但也不会高兴。深濑打算这么回答，但古川看到他没有回答，似乎认为他表示同意，所以就接着说了下去。

"我就知道。所以到头来只是自己认为，自己和广泽是同类。"

深濑不知道古川说的"自己"指的是深濑，还是他自己。

"虽然无法进入同一所大学，但我几乎每天都会见到广泽。因为我们住在同一个公寓，并不是我像跟踪狂一样缠着广泽不放。"

古川和广泽各自考上不同的大学后，一起从乡下来到这里找房子。当他们对房屋中介说，房租便宜是首要条件时，中介建议他们可以合租房子。

"广泽觉得这样也没问题，但我拒绝说，还是不要住在一起，否则交了女朋友会很麻烦。"

之后他们找到了父母答应的预算范围内的公寓，虽然离古川的学校有点儿远，但即使加上月票的费用，各方面的条件也都算理想，所以他们决定都租这个公寓的房子。他们租好房子，当天搭机回爱媛时，古川问了广泽喜欢哪一种类型的女生。

“我一心想要离开乡下，而且被贴上了‘不起眼’的标签，学校里也不可能有女生会喜欢我，所以从来没有和广泽聊过这个话题。”

没想到广泽立刻说了一个同年级的女生名字，那个女生很可爱，曾经在文化祭的校园美女选拔赛中获得第二名，她和广泽在二年级时同班。

“我对广泽说：‘你根本是癞蛤蟆想吃天鹅肉，即使鼓起勇气表白，对方也不会把你放在眼里吧。’广泽也笑着说：‘我想也是。’”

深濑可以想象广泽当时的表情。之前深濑找工作不顺利而忍不住抱怨说，只有那些机灵的家伙能够考上时，广泽平静地笑了笑说：“我想也是。”广泽在对古川说这句话时，应该也露出了相同的表情。广泽在离开老家之前，都没有向那个天鹅肉的女生表白。

“但是，即使来到大城市之后，也有巧遇。”

刚升上大学三年级的春天，古川偶然走进一家面包店，刚好遇到了那个女生。站在收银台内的女生先发现了他，主动叫他：“这不是古川吗？”古川还没有问，她就主动告诉古川，她上个月开始在这里打工。

“我在毕业典礼时听人说，她考上了东京的女子大学，但一直以为只有连续剧中会发生这种巧遇的事。”

在巧遇之后，戏剧性的发展并不是发生在古川身上。古川在重逢她的那天晚上，就兴奋地告诉了广泽白天发生的事。古川很高兴，因为自己向来很不起眼，即使重逢，对方也很可能认不出自己。即使认出了自己，照理说也会忽略自己的存在，但那个女生临别时还对他说：“欢迎你下次再来。”

原本只是隐约记得她很可爱，如今发现她个性也很好，然后想起她虽然很受欢迎，但之前好像从来没有听说她和谁交往。于是觉得她或许也能够看清一个人的本质，对乡下学校那种无聊的排名感到厌倦。只要有机会，可能会有进一步的发展。但是，他并没有把这些想法告诉广泽。

他只是很得意，自己巧遇了广泽在高中时心仪的女生。

——原来真的有这么巧的事。

广泽用一如既往的平静口吻说道，又问了古川面包店的名字和地点。

“差不多一个月后，广泽问我要不要一起吃晚餐。因为我们几乎每天都一起吃晚餐，所以我猜想应该又是他老家的父母寄了大量蔬菜给他，没想到那个女生也在。”

她穿着围裙，在广泽家里做咖喱。广泽听古川说巧遇那个女生的隔天，就去了她打工的面包店，把写了手机号码和电子邮件信箱的纸交给她。

“他们看起来感情超好，简直像从高中就一直交往，当时我觉得是多亏了我的帮助，所以发自内心地祝福他们。”

广泽果然有女朋友，对方是他高中时的同学。深濑握紧了放在脚边的皮包边缘，里面放着毕业纪念册。虽然古川并没有提那个女生的名字，但也许自己知道她的长相和名字，也知道她说话的声音，和她提到自己喜欢的人时，脸颊红润的样子。但是，深濑还不想告诉古川。

“后来呢？”他催促古川继续说下去。

照理说，广泽应该和她单独约会，但他们经常邀约古川一起去看电影、看夜场球赛，也一起去了水族馆。古川对当初是自己为他们牵了线这件事感到骄傲，更重要的是，他觉得他们两个人都很欢迎他的加入。

他一直以为他们三个人是好朋友。

“但是，有一次……”

广泽和她交往的半年后，他们三个人一起去看电影。因为刚好是连假中间那一天，售票处前大排长龙。他们三个人聊着喜欢的演员，并不以为苦。平时都是在买完电影票之后再去买饮料，但因为卖饮料的地方也大排长龙，广泽说他去那里排队。古川以为那个女生也会跟着一起去，但她说了自己想喝的饮料后，和古川一起排队买票。

古川并没有因此想入非非，以为她对自己有意思。广泽说他要去排队买饮料，她只是觉得和广泽分工合作而已。广泽离开后，她一如既往地和古川聊天，问他最近有没有看什么有趣的书。古川也一如既往地回答，但突然发现奇怪的视线看着自己。

好几个人不时偷瞄过来，但并不是一直盯着看。即使古川看向那个方向，也不会和任何人眼神交会，只是听到从那个方向隐约传来“怎么可能”的嘲笑声。他努力调整呼吸，思考着内心已经多久没有这种躁动不安的感觉了。

他们不可能是一对。当古川清楚地听到这句话时，终于了解了自己被嘲笑的理由。那些人觉得自己明显高攀不上身旁的女生，两个人站在一起显得格格不入，正好奇地猜测他们到底是什么关系。他勉强挤出“真受不了”的笑容看向那个女生，她一脸纳闷地看着古川。

——我还是不喝可乐，换乌龙茶好了。我去看一下还有什么饮料，我叫广泽过来这里。

古川说完，不等她回答，就离开队伍，走向广泽。

服务生为他们的空杯子里加了冰水，古川一口气喝完了。一直听他说话的深濑也感到口干舌燥。他早就在脑海中用自己代替了古川。

“只剩下我一个人的时候，我突然想到，广泽和她约会时经常邀我，是因为和她单独在一起时会感到自卑。三个人在一起时，旁人可能会觉得是社团的朋友，也不会有那种格格不入的感觉。”

原来如此，深濑点了点头。古川再度用力叹了一口气。

“你要否认，不是这样啊。我多少抱有一点儿期待，才会第一次见到你，就把这么丢脸的事告诉你。”

古川并没有生气，而是一脸无助地看着深濑，但深濑不知道他在不满什么。

“你不是向很多人打听了广泽的事吗？不是也见过排球队的队长冈本吗？我不是一开始就说了吗？”

哦哦。深濑终于知道古川想要表达什么，他低下了头，眼神在桌面上飘忽不定，但古川并不认为他这个动作表示“我了解了”。深濑听到了古川吸气的声音。虽然大脑发出指示，要他捂住耳朵，但身体没有反应。

“广泽和她在一起时，完全没有格格不入，没有人会嘲笑他们，也不会窃声讨论他们到底是什么关系。广泽和我根本不一样，只是他人太好，屈就于我的高度而已。我原本以为自己和广泽一起站在高处，其实他应该站在更高处，我却利用他的善良，把他拉低了。周围的人一开始就发现了这件事，只有我一直搞不清楚状况。”

古川的声音在发抖，但深濑不知道他有没有哭。深濑的视野模糊，他用手指擦去桌子上的水滴，就像擦拭桌子上的水痕。

“所以，我让广泽自由。为了避免被他同情，说了很过分的话……根本没有想到那成为我最后对他说的话。”

“你说了什么……”

“我再也不要和你这种伪善者当朋友了。”

哐当——有什么东西碎裂的声音。原本以为是广泽的心碎裂的声音，其实是客人离开后，正在收拾餐具的服务生打破了杯子。深濑浮现出一个无聊的想法，也许服务生是故意打破杯子，让其他客人别再好奇地看两个不起眼的男人流着泪、一脸严肃地说话的样子。

其实明明是服务生看到这个可怕的景象分了心，不小心摔破了杯子。但是，古川根本不在意周围的视线。

“你为什么向广泽的父母打听我们的联络方式？”

“因为我想了解广泽最后一年的生活。”

连这个想法也完全一样吗？深濑用力揉了揉眼睛，正面注视着眼前的古川。一定是因为自己也脱下了自尊心这件铠甲，所以不再讨厌也脱下了铠甲的古川。不，不是脱下，而是被打破了。他很想和古川随便聊一聊。问他喜欢看什么电影，喜欢看什么书，喜欢喝什么咖啡。两个人一定可以聊得很开心。也许是古川让广泽了解到落语的乐趣。

然而，在此之前，必须先确认一件事。

“你看到广泽有我这样的朋友很失望吗？你自己痛下决心退出了，结果他又被同样的家伙纠缠，是不是很生气？”

这次轮到古川默默地点头。

“所以你寄了那封信？”

“信？”

古川诧异地皱起眉头，看起来不像是假装的。事到如今，根本不需要装糊涂，如果他真的不知道……

果然是她寄了告发信吗？

“啊，不，没事。好像还有其他人为广泽的事想找我们，只是因为没有留下姓名……广泽的女朋友是木田瑞希小姐吧？”

“啊？”

古川看着深濑，脸上的表情似乎在问：你在说什么啊？

小时候一直以为放暑假时，老师也跟着放假。深濑单手拿着工具箱，看着楢崎高中的员工停车场内的车子，走向正面玄关时心想看来并不是这么一回事。

和古川见面的隔天早晨，深濑在公司打电话给楢崎高中的木田。他压低声音说：“木田老师，我有事想要请教你。”木田说，请他在下午方便的时候来学校，然后也压低声音说："我会通知事务室，说印刷机有点儿问题。"最后又用不知道在对谁说话的语气补充说："浅见老师今天出差，不在学校。"

深濑隔着窗户，向事务室打了招呼后走进印刷室，却不见木田的身影。他离开公司之前，还特地通知了木田。印刷室内也没有其他老师。虽然教师办公室就在隔壁，但他还是拿了放在角落的铁管椅子坐下来等木田。

那天，他到松山机场后，打开了向广泽的同学上田麻友借的毕业纪念册，想要寻找古川大志。他并没有问冈本，广泽和古川是哪一班，所以只能从一班开始寻找。一班可能都是理科班，有八成是男生，并没有看到广泽的照片，也不见古川的名字。二班是男女各半。深濑心想广泽可能在这一班，从头依次看下来时，目光停在正中央一张熟悉的脸上。

一看名字，写着"木田瑞希"。虽然深濑不太记得名字，但光有姓氏就足够了。那不是浅见的同事，那个国文老师吗？广泽的照片也出现在同一页上。广泽的同学是浅见的同事。她在今年春天来到楢崎高中任职，如果木田通过浅见掌握了广泽车祸的真相，就能够说明为什么事隔三年，才会寄告发信这件事。

木田和广泽到底是什么关系？在向当事人确认之前，深濑和古川见了面，古川主动说起广泽上大学之后，和高中同学交往。深濑认为那个女生很可能就是木田，虽然觉得她不具有能够在校园美女选拔赛中获得第二名的美貌，但她长得确实也很可爱。

只不过想象她和广泽在一起的身影时，总觉得有点儿不太对劲，但深濑认为这很可能是木田在自己面前伪装出来的。她故意假装个性随和，不让人察觉她在调查广泽车祸的事，同时试图从深濑口中探听消息。

但是，只要感到有一点儿不对劲，就不能牵强附会。就好像硬是把一片拼图塞在不对的位置，最后将无法完成整张拼图。

古川大志很干脆地否认，广泽的女朋友并不是木田。他一脸惊讶地问深濑，为什么会提到这个名字。古川虽然知道浅见的名字，也知道他在高中当老师，但似乎并没有像深濑调查得那么深入，所以并不知道木田和浅见是同事，他甚至不知道木田毕业之后的动向。古川辩解说，因为一个年级有七个班级。但深濑以自身的经验知道，即使一个年级只有五个班级，或是三个班级，结果也都一样。

古川说，广泽的女朋友或许和木田有来往。即使高中时并不是很要好，但因为来关东求学的学生并不多，所以同乡都会定期聚会。

——他们从来没邀过我参加，虽然广泽受到邀请，但因为顾虑到我，所以他可能也没去参加。

古川说完，落寞地笑了笑，说了一句“是五班的河部”后站了起来。他的态度既像是还想见面，又像是再也不想见面了。但是，深濑一直看着他的背影，直到完全看不见为止。

记录广泽一切的笔记本上，一下子增加了许多补充项目。深濑回到家里，把笔记本和毕业纪念册放在桌上，首先打开了毕业纪念册上五班那一页，寻找河部的姓氏。他盯着那张照片，几乎快把那张照片看出一个洞，然后仰躺在榻榻米上，望着天花板。

这到底是怎么回事……

今天来这里，不就是为了确认这件事吗？深濑从铁管椅上站了起来，看向印刷机。刚才走进来时没有发现，现在才看到盖子上用胶带贴了一张纸，上面用粉红色荧光笔写了“故障”两个字。原本以为这只是找自己来这里的借口，难道真的有故障了吗？他打开盖子一看，发现只是卡纸而已。他猜想可能是木田使用不平整的纸，故意让印刷机卡纸，然后把渗了黑色油墨的纸拉了出来。

木田或许只是共犯，虽然只用了一封告发信对待深濑，但浅见的车子上被贴了好几张。也许当初就是使用这台印刷机。深濑内心浮现这样的怀疑，但还是轻轻摇了摇头。姑且不论之前，如今只要家里有计算机和打印机，就可以轻松打印几十张甚至几百张告发文。

她自己印制的吗？

敲门声之后，门缓缓打开，木田东张西望后，走了进来。

“对不起，书法社的学生说没有钥匙。”

木田可能刚才在校舍内跑来跑去，额头上微微渗着汗。

“啊，印刷机你修好了吗？早上我想用的时候，发现有人用过之后，纸卡在里面，所以你那通电话来得正是时候。”

她的样子看起来完全不像是装出来的。

“对了，我来倒冰麦茶。”

木田不等深濑回答，转身就想离开。“不用了，不用了。”深濑慌忙叫住了她。“那好吧。”木田请深濑坐回他刚才坐的椅子上，两个人在作业用的长桌子旁面对面坐了下来。深濑觉得好像在进行侦讯。

“关于贴在浅见老师车上的纸那件事，有什么新的进展吗？”

“那件事还没有，今天不是为了浅见老师的事。”

开车来这里的途中，深濑一直在思考该如何向木田开口。目前还不知道木田和这件事有什么关系，如果把不必要的内容也说出来，可能会导致广泽车祸的事公之于众，对浅见不利。

他努力平静心情。木田并不是第一个听自己说这件往事的人，只要说相同的内容就好，自己只想知道一件事。

"可不可以请你告诉我，广泽由树是怎样的人？"

木田露出惊讶的表情："广泽？"她小声嘀咕着，微微偏着头，"你是说车祸身亡的广泽？"

"是啊。"

"好啊……但是，你为什么会认识广泽？"

自己此行似乎只是来透露没必要公开的事。深濑开始后悔来找木田。

小学生真是太矮小了。深濑忍不住说了这句理所当然的话。因为几天之前，也看到了类似的景象，但今天是大人在球场上打棒球。他来到谷原所属、广泽也曾经数度支持的轰炸机队正在练习的市民运动场。

虽然不见谷原的身影，但他事先就知道了。他打电话给谷原，询问球队练习的日期和地点时，谷原说他无法一直请年假，所以努力激励自己去上班了，电话中的声音也颇有精神。虽然公司同意他开车上班，但因为车子停在公司附近的月租型停车场，所以他抱怨开销很大，其实即使付了停车场的租金，他的薪水应该也仍然比深濑高。

"是不是掌握了什么新的线索？"谷原问道。深濑只回答说："近期也许可以向大家报告。"

一个身材看起来就像是捕手的男人从球场向深濑所坐的长

椅跑了过来。他叫池谷博之，是谷原的队友。深濑对谷原说，想见一见其他队友时，谷原讶异地说，棒球队的事，只要问他就行了。深濑拜托他一起去练习的球场时，遭到拒绝。他似乎还没有完全恢复，目前还不敢靠近案发现场。

“让你久等了，我听谷原说了。”

池谷露出亲切的笑容，在深濑身旁坐了下来。

“你说想打听一些事，是关于谷原的事吗？”

“这也是其中一部分，在此之前，可不可以请教一下广泽的事？目前，我正在向很多人打听，广泽是怎样的人。因为之前听了和他一起长大，也一起打少年棒球的朋友聊过他的事，所以也想了解他在这里的情况。”

“是吗？的确，他无论打击和投球都很厉害，如果他没有参加排球队，持续打棒球的话，或许可以打进甲子园。如果他进大学后重新打棒球，一定可以成为正式球员，太可惜了。他为什么不继续打棒球？还是像谷原一样，哪里受了伤？”

池谷接连问了好几个问题。深濑从来没有听任何人提过广泽哪里受了伤，他进大学后，之所以没有加入任何运动队，应该是没有人邀他的关系。深濑根据这一阵子听到的有关广泽的事，发现他总是很自然地接纳眼前发生的事，接纳主动向他靠近的人。

“他很喜欢棒球，可能只是缺乏契机吧。他在这里打得开心吗？”

“当然啊，我们曾经邀他每周一起来练习，但他说，还是只当代打就好。我猜想他是顾虑到谷原的心情。虽然谷原嘴上没说，但看到广泽在球场上活跃，似乎很不舒服，广泽不是对这种事很敏感吗？”

自己忍不住想要握住池谷的手道谢，是因为事到如今，他仍然认为自己代表广泽的朋友吗？在感到高兴的同时，心情也很沉重。深濑忍不住想，也许广泽在意的不是谷原，而是自己。古川鼓起勇气让广泽获得了自由，他也交到了邀他一起打棒球的朋友，同时却有一个烦人的朋友一直纠缠着他，束缚着他。

“对了，”池谷突然露出严肃的表情，“我原本以为谷原是喝醉酒，自己掉落铁轨，后来听说是被人推下去的。目前查到凶手了吗？”

池谷果然更关心这件事，深濑默然无语地摇了摇头。

“他说最近不想来这里，可见他真的吓到了，早知道那天就让他开车回去。”

“啊？”

原来谷原那天开车来市民运动场，但比赛后，大家一起去平时那家居酒屋吃饭时，他点的不是无酒精啤酒，而是普通的啤酒。大家都以为他打算把车子放在停车场，没想到走出居酒屋时，他走向停车的市民运动场那里。

“虽然他喝得比平时少，但不管喝多少，都是喝了酒。我们当然也明白为什么他那天特地开车，但还是不能同意他这么做，所以大家一起说服了他。”

虽然池谷没有提名字，但可能想到了广泽车祸的事。如果没有这件事，他能够说服谷原吗？深濑忍不住想，如果池谷当初也一起去斑丘高原，情况也许就不一样了。话说回来，谷原还真不知道汲取教训。深濑怒不可遏，心跳忍不住加速。

“谷原为什么开车来？”

“因为他打算送担任球队经理的女生回家。我们球队的成员几乎都住在这附近，只有谷原和那个女生每次都搭电车来这里。”

深濑想起村井之前在谷原家时，也说过类似的话。

“多亏那个女生说服，所以谷原最后决定搭电车回家。”

原来池谷和其他球队成员劝不动谷原。

“那个女生说，如果谷原愿意搭电车送她回家，可以请他去家里喝咖啡醒脑。谷原听了这种话，当然会说要搭电车回家啊。”

然后，他们一起走去车站，结果谷原被推下铁轨。

“我可不可以向担任球队经理的女生了解一下当时的情况？”

“没有人知道她的电话。”

原来担任球队经理的女生从今年春天开始，不时在球场的角落看他们练习。个性轻浮的谷原主动上前打招呼，那个女生说，因为喜欢棒球，所以就经常在这里看他们练习。谷原当场请她担任球队经理，但是，当问她电话时，她露出有点儿为难的表情说，电话刚解约。谷原不肯罢休，说这年头已经没有人说这种谎了。那个女生低着头，吞吞吐吐地说，不久之前，遇到变态跟踪狂，所以谷原也只能作罢。

“那个女生很好，每个月会做两次三明治带给大家吃，但那件事之后，她就没再来过，希望她不要觉得是因为她说要搭电车才会发生这种事。”

池谷发自内心地为球队经理担心，但深濑有不同的想法。

是她把谷原推落铁轨。

“不好意思，有一样东西想请你看一下。”

深濑从放在脚下的皮包里拿出毕业纪念册。

“哦，是谁的？”

池谷似乎很纳闷，为什么要突然看毕业纪念册，但还是探头看过来。深濑没有回答他的问题，直接翻到五班的那一页。

“这里面有没有你们的球队经理？”

“啊？”

池谷一脸惊讶地看着深濑，但立刻低头看着毕业纪念册，用手指指着学号，看着每一张照片。然后，他的手指停了下来。

“有了！”

深濑双手捂住了脸，缓缓听着这个声音。

深濑坐在吧台角落的老位子。

老板不在，也没有其他客人。一个月没来幸运草咖啡店，好像阔别了半年或一年似的，但身体完全记住了皮肤接触椅子和吧台的感觉，久违的动作也完全没有陌生的感觉。

今天晚上，深濑包下了饮用区。他在打电话时还没有想到要怎么解释这么久没来的原因，没想到老板娘一听到他的声音，就安心地叹了一口气说，真是太好了。

——我以为你以后不会来了，真的很对不起。

他完全不知道老板娘为什么要向他道歉。如果老板娘得知他和美穗子分手（虽然他不愿意这么认为）的消息，为当初送电影票给他感到抱歉，就是天大的误会。如果是之前，深濑或许会莫名其妙地附和说，没关系，但这几个星期，他终于知道这样做无法了解彼此。

——我不知道你为什么要道歉，可以请你告诉我吗？

他把内心的疑问说了出来。

——呃，是跟踪狂的事……

老板娘说的话完全出乎他的意料。

——美穗子怕影响到我们店，所以没告诉你吗？有人去格林面包店惹了不少事，想引起美穗子的注意，那个人是不时来我们店里的客人，但我完全没有察觉。他之前问我，坐在吧台角落的那个客人叫什么名字时，我把你的全名告诉了他。因为他说你告诉过他，他觉得再问很失礼。我一直很担心，以为他对你做了什么，所以你不再来我们店了……

——不，他并没有对我做什么。

——是吗？真是太好了。

老板娘似乎松了一口气，说话的声音也高了八度。深濑告诉她，最近因为出差，所以很久没去了，今天他想包下饮用区一个小时。老板娘说，他可以从傍晚用到打烊。深濑再三道谢后挂上电话，但随即感到不安。

跟踪狂？他想起美穗子拿信出来时，好像提到，有跟踪狂会写信、送礼物给在店里打工的女生。因为美穗子似乎并没有受害，所以他当时听过就算了。

该不会是自己犯下了天大的误会？深濑想起寄给美穗子的告发信是寄到格林面包店的。

那封说深濑是杀人凶手的信，难道不是告发信，只是在恶搞吗？如果没有做任何亏心事的人接到这种信，只会一笑置之，把信揉成一团，丢进垃圾桶。应该只是这种程度的回应而已，但深濑因为心里有鬼，所以把过去犯下的涉及杀人的行为和盘托出。

然后……虽然需要重回事件的原点，但深濑已经和人约好了。在调查广泽的人生后，找到了广泽的女朋友。他觉得如果只是告诉对方，想要见她一面，可能会遭到拒绝。于是，他列举了这几天见过的人的名字，然后在电子邮件的最后写道：

“我只是想了解，广泽由树是怎样一个人。”

他无意指责对方是不是寄了告发信、是不是把谷原推下了铁轨。他祈祷着对方可以感受到自己的这种想法，愿意来这里和他见面。

即使深濑包下了饮用区，老板娘看到她出现，也不会向深濑确认，就会让她进来。

门缓缓地打开了，越智美穗子走了进来。

美穗子在和深濑的座位隔了一个空位的椅子上浅浅地坐了下来。她在坐下之前，瞥了深濑一眼，然后就低下头，没有看深濑的眼睛。美穗子身上散发着淡淡的奶油香味，深濑知道她仍然在格林面包店，并没有完全走出自己的世界，为此感到松了一口气。

“要不要请老板娘泡咖啡？”

深濑问。美穗子默默地摇了摇头。深濑从脚边的皮包里拿出笔记本，轻轻放在美穗子面前。

“我希望你看一下。”

笔记本的封面上并没有写标题，深濑觉得只有先说明里面写了什么，美穗子才会愿意打开。美穗子用指尖掀起咖啡色封面，缓缓翻开。

上面写满了以广泽由树开头的句子。美穗子轻轻倒吸了一口气，抬头看着深濑。深濑不知道美穗子在想什么，她露出好像随时会哭出来，又好像随时会发怒的表情，目不转睛地注视着深濑。

“我和你……最后一次见面的晚上，告诉你大学同学广泽由树的事，虽然我对他见死不救，却还以为自己是广泽最好的朋友，比任何人更了解他，比任何人更为他的死感到难过。”

美穗子垂下了眼睛，但她的视线直视着笔记本。

“但其实我对他一无所知，只知道和我在一起时的他，不，我发现即使他和我在一起时，我也从来没有想过他的心情。直到看到那封说我是杀人凶手的告发信。不只是我而已，在我得知研讨小组的所有成员都收到了告发文之前，我根本没有发现自己对广泽一无所知。”

美穗子一动也不动，但深濑发现她的视线已经没在看笔记本的内容。

“即使如此，广泽仍然是我唯一的朋友，也许现在为时已晚，但我想了解广泽，所以我去见了应该很了解广泽的人，听他们说广泽的事，然后把所有的事都记录下来，哪怕是再小的事，也全都写下来。”

美穗子翻开了下一页。那一页上写了密密麻麻的字，好像只要眯起眼睛，就会浮现黑色的立体图像。

“至于我见了哪些人，已经在电子邮件中告诉你了。”

美穗子没有回答，但她看着文字的视线不时停顿，可能发现了她了解的广泽，也可能看到了她陌生的广泽。

“我终于了解，人和人之间的关系并不是在一条直线上，正因为复杂地纠缠在一起，才会发现我和浅见通过工作认识的人，刚好是广泽的高中同学这种事。虽然这是极大的巧合……但我和你在这家店相识，并不是偶然，对不对？”

停顿了几秒后，美穗子轻轻点头。

“我不知道你先对谁下手，但你试图和广泽同一个研讨小组的四个人接触，因为你以某种方式了解到，广泽的死因和我们有关。”

“不是。”

美穗子的声音沙哑。她轻咳了一下，口齿清晰地说道：“不是。我是在去年三周年忌日的法事时看到你们。无论是葬礼还是一周年忌日，我都因为太痛苦，所以无法参加。我和由……广泽交往的事，除了古川以外，没有人知道，但留在老家的同学通过联络网，用电子邮件通知了葬礼和法事的日期。就是冈本。”

深濑也见过冈本这位排球队队长。

“法事之后，大家一起聚了餐，有点儿像是低调的同学会。我父母在我高中毕业时离了婚，我的姓氏也改了，我懒得向大家解释，所以一直没去参加同学会，但冈本说，大家来好好聊聊对广泽的回忆，这不正是法事的目的吗？所以我决定去参加。”

深濑由冈本很有自信的身影想到，只要冈本发号施令，大家应该都会参加。

“参加同学会的成员中，有人从幼儿园开始就和广泽读同一个学校，高中之前的事，大家都知道。曾经霸凌其他同学的男生在长大之后，也知道自己当年做错了，他在反省之后说，像广泽那样，默默保护他人，才是真正了不起的人，我听了真的很高兴。”

深濑点了点头，不由得感到一阵鼻酸。

“但是，没有人了解广泽大学时的情况。我不由得想，早知道应该叫古川也一起来参加，就可以和大家分享广泽的事。你或许会觉得，可以由我来告诉大家，但如果真的有人叫我说，我也想不到该说什么。”

自己也一样。深濑深有同感，但他拼命克制为此感到高兴的心情。

“没想到冈本说，虽然他不太了解具体的情况，但广泽的大学生活应该过得很开心。和广泽同一个研讨小组的同学来参加了葬礼和法事，那几个人看起来人生都过得很充实，似乎很享受生活，所以广泽也一定过得很开心。”

冈本也对深濑说了相同的话，只不过他抹杀了深濑的存在。广泽的老同学中，也有人在海滨商务旅馆工作，说听到其中有人在某某物产工作，所以认为如果广泽还活着，应该也会在类似的公司上班。虽然是美穗子主动谈这些事，但她突然满脸愁容。

“在广泽快升上四年级时，我们的关系有点儿紧张。虽然我不太清楚其中的原因，但知道古川突然对广泽说，不想继续和他在一起，所以广泽很难过。即使和我分手，我觉得他应该都不会这么难过。”

“怎么可能……”

“你不是见过古川吗？他说什么？”

“他说想要让广泽自由……因为广泽一直陪在他身旁。”

深濑无法把古川告诉他的话全都告诉美穗子，但这句话应该可以表达一切。相反地，他很想马上告诉古川，在你离开之后，广泽很难过。这代表不光是你很依赖广泽，广泽也很依赖你。

“古川太厉害了，果然比我了解广泽好几倍。他知道广泽想去哪一个国家吗？”

“不……”

深濑是从广泽的父亲口中得知他想出国旅行，古川没有提起这件事，深濑当然也不知道。

“是噢。广泽不是很老实吗？好像会要求自己和初恋情人一直厮守到老，虽然我从来没有问过他类似的问题，但他曾经向我保证，绝对不会外遇，所以我理所当然地认为自己会嫁给他。没想到，有一天他突然说，想出国旅行一阵子……咦？那我呢？我觉得好像一下子被推出了他的世界。不，我那时候才发现，他虽然让我留在他身旁，但没有让我进入他内心。”

美穗子重重地叹了一口气。深濑也有同感。虽然他想要说出口，但还是把话咽了回去。因为自己和美穗子有着根本的不同。

“我口渴了……可以吗？”

美穗子有所顾虑地从皮包里拿出水壶，把茶倒在也是盖子的杯子里，咕噜咕噜两口就喝完了。“你要吗？”她问。深濑迟疑地点了点头。美穗子把茶倒进同一个杯子，递到深濑面前。深濑无法把握和美穗子之间的距离。她不是憎恨自己吗？但又觉得她向自己敞开了心扉，所以才会和自己聊这么多心里话，才会把刚才喝过的杯子递给自己。但是，美穗子从踏进这家店之后，脸上就不曾露出过笑容。

“谢谢……”

深濑接过杯子，一口气喝完了，放在吧台上两个人正中间的位置。那是微温的洋甘菊茶，留在鼻子深处的香气让心情放松。

“你知道广泽不喜欢洋甘菊吗？”

深濑摇了摇头，他没有和广泽一起喝过花草茶。

“他说有草的味道。我抱怨说，应该有更好的比喻吧，而且有放松效果。他说那就是他的感觉，但他并不讨厌这种香味。也许听到他说要出国时，我也应该像花草茶的事那样追问他。你要抛下我，自己一个人去吗？我可以等你吗？我可以跟你去吗？只要我轻松地问他，他应该也会轻松地回答我。”

“只有对自己有自信的人，才能够轻松地问别人。换作是我，会因为太害怕而问不出口。”

“但是，阿和，换作是你，应该不会生气，对吗？”

虽然知道现在时机不对，但听到美穗子叫自己“阿和”，深濑还是感到高兴。

“说起来很丢脸，我父母因为我爸爸不工作而离了婚，所以我认定毕业后如果不工作，就是无意结婚，只想到自己，不为他人着想。于是我对他说，如果他毕业后不工作，我们就分手。”

啊啊。深濑感到就像是自己梦想出国去看看，结果却不得不面对这种残酷的选择，忍不住垂头丧气。广泽一定会向美穗子道歉。

“他向我道歉，说自己会去工作。”

果然没有猜错。

“之后我们也照常见面，照常聊天，但我觉得他不再对我说真心话，只说一些表面的话。即使一起笑的时候，我也觉得他只是在配合我。和他之间的距离，比他真的出国更遥远。”

今天来幸运草咖啡店之前，深濑在想，既然古川觉得自己配不上美穗子，那自己也配不上美穗子。两个人的颜色不同，属于不同的世界。古川立刻发现了这件事，但自己真是太傻、太天真，和美穗子交往了三个月，竟然完全没有感觉到任何不自在，他为自己的愚蠢感到可笑。自我评价未免太高了。但是，他现在觉得美穗子和自己的颜色相同。

广泽随时在身边时，觉得很理所当然，但在产生距离之后，才发现自己多么需要广泽，多么想和他在一起。

他发现自己喜欢的女人在谈论另一个男人，自己却完全没有任何嫉妒。他以为是因为广泽已经离开人世，但其实并非如此。因为他发现美穗子说得越多，她的心情和自己的心情就越来越同化。

自己和美穗子有着相同的心情。既然这样，她想和广泽同一个研讨小组成员见面的理由应该也相同。

“我原本以为你找上我们四个研讨小组的成员是为了复仇，

当然，这可能也是原因之一，但是，我想最大的理由应该是想了解广泽，想要知道他和你不认识的朋友是怎么相处的，他们眼中的广泽是怎样一个人，你只是想知道这一切，如果可以，也希望了解包括最后一天的情况。”

美穗子静静地点了点头，当深濑问她用什么方式分别和四个人接触时，她再度喝了洋甘菊茶润了润喉，然后淡然地告诉了他。

“什么？你去找浅见？”

广泽不时和美穗子聊起研讨小组的成员。

美穗子告诉广泽，之前去只有在东京求学的女生能参加的聚会时，听到进入横滨女子大学的木田瑞希说，她想成为高中老师。因为瑞希和广泽在三年级时同班，而且瑞希能言善辩，还曾经把老师逗哭了，所以觉得很有趣，但话还没说完，就想到这是关于找工作的事，忍不住有点儿后悔。幸好广泽并不在意，他告诉美穗子，研讨小组的浅见也想当老师，只不过听说现在学生人数减少，教师的录用人数也减少，所以越来越难了，但他一定没问题。

于是，美穗子就在刊登了教师录取名单和人事异动的报纸上寻找浅见的名字，发现浅见第一次考试就顺利录取，并得知他在县立楢崎高中当老师。虽然过了两年，但是，当她伪装成毕业生打电话到学校时，得知浅见还在那里。她抱着侥幸的心情寄信到学校，说想知道广泽的情况。浅见立刻回信给她，也愿意和她见面。

当浅见问她和广泽的关系时，她无法很自信地回答说是广泽的女朋友，只说是亲戚。浅见问她，是爱媛的亲戚吗？她立刻回答说："叔叔和婶婶拜托我。"浅见立刻皱着眉头道歉说，很抱歉让广泽在那种天气下在山路上开车。

听到浅见说，如果自己没喝酒，就可以开车去车站接人，发生那起车祸之后滴酒不沾时，她无法说她想听的不是这些事，只能安慰他说，请他不必放在心上。

在聊着教师的工作很辛苦的同时，美穗子问了浅见研讨小组其他成员的近况。

——之前已经向伯父他们报告过了。

——听说是在商社？我想知道的不是这些一板一眼的事，而是和由树是否有共同的兴趣爱好，或是你们是否经常见面这些开心的事。

于是，美穗子顺利打听到村井、谷原和深濑的工作地点和兴趣，着手进行接触的准备。

美穗子决定和另外三个人不用想了解广泽的情况这个理由约定见面，而是采取完全不同的策略，伪装成巧遇的方式接近，自然而然地聊起学生时代的一个朋友，打听广泽的情况。

就不会像浅见那样，只能见一次面而已，可以借由多次见面，了解到广泽和车祸无关的真实样子，相反地，也可以深入了解广泽到底交了怎样的朋友。

村井父亲主办音乐会时，美穗子主动报名当义工；去参观谷原棒球队的训练；同时出入深濑经常造访的咖啡豆专卖店——

原来浅见是因为美穗子去找他，所以担心告发文可能出自广泽的父母。他可能很犹豫该不该告诉大家。不过……

“你该不会也和他们交往？”

“没有！”

深濑战战兢兢地问出内心的疑问时，美穗子斩钉截铁地回答，而且很生气。

“我并没有和每个人都交往。虽然我不知道该如何提起广泽的事，但我发现你们都很坦率直爽，都是好人，所以觉得即使不问也没关系。我相信广泽和你们在一起也很开心，更庆幸他的最后一天是和你们一起度过。虽然我也因此下定了决心回老家，但有一个人让我想要继续和他在一起，所以就留了下来。”

美穗子毕业之后，在学生时代打工的面包店工作，但是，她对一个人在这里生活感到疲累，决定回老家。在广泽三周年忌日的法事时看到同学的态度和之前不一样，觉得回老家也是不错的选择。她在去年年底辞去了工作，决定了解广泽生前的情况后，春天就回老家。由于之前租的房子是公司的宿舍，所以她开始找可以短期租赁的房子，最后在深濑每天报到的幸运草咖啡店那一站附近找到了房子。

“为什么住在离我这么近的地方？”

“因为你很特别……”

深濑听不懂她这句话的意思。当初她在找房子时，应该只见了浅见而已。

“因为你是广泽……由树特别的朋友。”

深濑在脑海中一次又一次重复美穗子的话——特别的朋友。不久之前，他还对此深信不疑，但美穗子的话无法进入他的脑袋中。怎么可能有这种事？自己好像筑起了防护墙，把这句话弹了回去，又好像在自我保护，避免自己受到伤害。

“不必再说这种同情的话。”

这只是事后牵强附会的理由。真正的原因，只是这一带的房租便宜。深濑告诉自己。

“因为这是由树说的。”

美穗子直视着深濑。

“由树曾经说，自己很空洞，虽然想要把自己装满，却不知道该装些什么。虽然棒球和排球都很有趣，但总觉得无法把自己填满，可见并不是那么喜欢。看到周围人全心喜爱地投入，就为自己虽不那么喜欢却和他们做相同的事感到抱歉。虽然他没有发自内心讨厌的人，但也一直没有遇到很喜欢的人……没想到，后来真的遇到了让他觉得在一起很舒服自在的人，以前是古川，现在是一个叫深濑的同学。”

深濑的视线模糊起来。好像有什么东西从内侧压迫眼球，随时要喷出来。应该是眼泪，但除了眼泪以外，还有什么渐渐满溢，想要冲破身体。越来越满，几乎要把眼球都挤出来了，他立刻张开了嘴巴。其中一部分找到了新的出口后，立刻冲了出来。

“广泽！”

他趴在吧台上，流出眼泪的同时叫喊着。和广泽共度的日子从车祸那一天开始高速倒转，那些愉快的日子……

当颤抖渐渐平息，他的后背上感受到了掌心的温度。美穗子坐在刚才特地空出来的座位上，温柔地抚摩着他的背。

“我夺走了你重要的人，你为什么还可以这么做？”

深濑趴在吧台上问道。美穗子没有回答，但她的手仍然放在深濑的背上。

“说我是杀人凶手的那封信只是恶作剧，我却把广泽车祸的事和盘托出。明知道他不能喝酒而让他喝了酒，明知道他刚考取驾照不久，却仍然让他在那么恶劣的天气开车走山路。我无法想象你带着怎样的心情听我说这些事，但是……”

深濑抬起头，用握拳的手背擦着眼泪，直视着美穗子。

“我能理解，你痛恨我是理所当然的，所以你对其他人做了相同的事。”

美穗子轻轻点了点头，她的眼中没有后悔。

“因为我无法原谅。”

“所以想要杀人吗？”

美穗子用力摇了摇头。

“我无法原谅你们好像什么事都没有发生过的态度，所以想要让你们回想起这件事。”

“像我一样？”

美穗子垂下了眼睛。

“没有人忘记。”

“但是，谷原他——”

竟然让她承认了这件事。深濑用力闭上眼睛。他无意责怪美穗子。他从池谷口中得知谷原想要酒驾时，内心怒不可遏。但即使这样，也不能肯定美穗子的行为。

“你和谷原之间发生了什么事？”

“……在站台等电车时，他说了很过分的话。我们到站台时，电车刚好开走，他说早知道还是应该开车回家，于是我就问他，听说他朋友发生过车祸，难道他不会担心吗？”

深濑可以想象他们两个人站在站台上的样子。谷原应该心情特别好，一定不曾仔细看美穗子的眼睛深处。

“他说，那个时候他还没有驾照，所以以为开山路很危险，但现在喝这点儿酒根本没问题，重要的是反应能力够不够快。话说回来，那家伙棒球打得很好，就是运气太差了。”

深濑想象着自己从谷原身后用力把他推下铁轨。不，如果不这么做，握紧的拳头就无法停止颤抖。美穗子当时也应该在颤抖。

“我在脑袋里数着数，努力告诉自己镇定、镇定。因为由树之前说，他打棒球很开心，称赞谷原个性直爽，很会照顾人。我告诉自己，谷原只是逞强。没想到谷原对我说，对不起，让你担心了，然后就想要抱我……”

“但是，谷原好像并不觉得是你把他推下去的。”

“因为他喝了不少，而且我推他下去后大声叫着救命、救命。”

“……幸亏他没死。”

深濑叹着气嘀咕道。美穗子紧闭双唇，低下了头。

“我不是这个意思，”深濑把手放在美穗子肩上，“我是庆幸你没有成为杀人凶手。”

美穗子的表情稍微放松了，但她似乎知道一旦完全放松，眼泪就会流下来，所以在最后关头撑住了。

“你觉得我该怎么办？”

“我和研讨小组的成员都一样，美穗子，你怎样才会原谅我们？”

“虽然我做了很过分的事，现在说这些有点儿为时太晚，但我没有权利决定这件事，因为我不是由树的什么人。”

“没这回事，你为什么没有发现？广泽向来只接受别人给他的东西，接受主动靠近他的人，但他主动去找你，你是他唯一追求的人。”

美穗子用手捂住了脸，眼泪从双手的缝隙流了出来。

“像我这种人，像我这种人……”

深濑战战兢兢地抚摩着美穗子的后背，然后突然想到，之前听古川说，广泽和美穗子在高中时并没有太多交集，广泽为什么会喜欢美穗子？

“广泽当初是怎么追求你的？”

“他说……希望可以在一起喝罐装咖啡。”

美穗子幽幽地说起高中时某一天发生的事。

那是二年级初秋的某一天，骑脚踏车上学的美穗子迟到了。因为父母在深夜吵架，她难过得难以入睡。当她骑到海岸大道，离学校还剩两百米的红绿灯时，遇到了同班的男生广泽。虽然之前没有说过话，但一起迟到了，于是就问他是不是睡过头了。广泽回答说，因为前面在修路，路不通。听广泽这么一说，美穗子才发现他不知道是绕了远路，还是一路骑得很快的原因，虽然只是骑车上学，但他好像跑完马拉松般上气不接下气。

——要不要喝罐装咖啡？不，其实不喝咖啡也没关系，只是我不想在上课时进教室，再逃课二十分钟吧。

美穗子对广泽说。广泽回答说："好啊。"虽然并没有显得很高兴，但也没有不高兴。他们过了红绿灯，向学校的方向骑五十米的地方有一个公交车车站，那里有自动贩卖机。广泽投了零钱后，离开自动贩卖机前，对美穗子说："请吧。"美穗子说她自己出钱，广泽说，他虽然不是有钱人，但有很多零钱，于是美穗子按了热咖啡的按钮。广泽也买了和美穗子相同的咖啡，两个人站在一起喝了起来，但并没有聊什么印象深刻的话。

这是我今年第一次喝热咖啡。我也是。差不多就只是聊这些而已。

听到下课铃声，他们丢弃已经喝完的空罐，骑上脚踏车，骑到大门后，相互道了声"一会儿见"，各自走向脚踏车停放处。

"就只是这样而已？"

"这样就足够了。如果回忆可以剪下来出售，我想要占为己有。”

美穗子轻轻点了点头。不知道美穗子是否允许自己代替广泽出现在当时的场景中，不，自己想要加入他们。深濑想象着还在读高中的自己手拿咖啡，睡眼惺忪地揉着眼睛的样子。昨天买的书超好看，我看到天亮……

“虽然其他三个人应该会反对，但我想把真相告诉广泽的父母。”

“会不会反而伤害他们？姑且不论能不能获得原谅，忏悔的一方心情会比较轻松，但接收这些沉重压力的人该怎么办？”

听到美穗子这么说，深濑顺从地点着头。他也觉得这么做是一种逃避。如果是广泽……

广泽由树希望自己怎么做？

假设今天是深濑死了，广泽身处深濑目前的立场，他到底会怎么做？

他伸手把放在美穗子面前的笔记本拿了过来，试图从中寻找答案。

“首先要把这个笔记本写满，因为和广泽有过交集的人还有很多很多。他之前打过工，包括研讨小组的教授在内，我还没有去找过广泽的任何一位老师，也不知道广泽想去哪个国家。我总觉得用这种方式见到广泽之后，他会告诉我答案。”

“可以让我一起写吗？”

美穗子把手放在笔记本上。

“当然可以。”

深濑把自己的手放在美穗子的手上，紧紧地握住。

“我请老板娘泡咖啡。”

终章

深濑去请老板娘泡咖啡，收银台内的老板娘一脸担心地看着深濑。你和美穗子怎么了？就这样啊。深濑露齿一笑。老板娘笑了笑，松了一口气说："太好了。"

"请给我们两杯咖啡。"

"了解。"

老板娘对深濑敬了一礼。深濑在老板娘的目送下回到饮用区，发现美穗子摊开了笔记本，正在写什么。他坐在美穗子身旁，好奇地探头看着笔记本。

"广泽由树不喜欢洋甘菊。"

"比起黄色的福神菜，广泽由树更喜欢红色的福神菜。"

美穗子抬起头。

"都是一些无足轻重的事，而且我只想到食物的事。"

"没关系，我也写了蜂蜜吐司的事，但不知道他不爱吃什么，如果你知道，记得写下来。"

"讨厌的食物……我想到了！"

美穗子在笔记本上写了起来。

"广泽由树不能吃荞麦面。"

美穗子放下了笔。

"啊？是这样吗？"

"你不知道吗？他对荞麦过敏。你不是说，去斑丘高原时，只有由树吃咖喱吗？"

"不，我一直以为他是想吃咖喱，原来他是顾虑到我。"

深濑特地查了荞麦面店，如果广泽说他因为过敏无法吃，深濑就会因为自己不知道这件事而感到沮丧，谷原和浅见也会改变主意，一起去吃咖喱。

"借我一下。"深濑拿过笔和笔记本。

"广泽由树根本不空洞。"

"广泽由树高大的身体内装了满满的温柔体贴。"

深濑和美穗子相互凝望，正想再度握手，门用力打开了。老板和老板娘一起走了进来。

"重要的时刻，当然要请我老公来泡咖啡。"老板娘说道。

"好久不见。"老板对深濑和美穗子笑了笑，他们夫妻俩一起走进了吧台。深濑合上笔记本，将一只手的手肘架在吧台上。多久没有看老板泡咖啡了？深濑忍不住想道。不，正确的天数并不重要，重要的是这样的日子再度来临，他希望珍惜此时此刻。

老板用手工磨豆机仔细地磨着刚烘焙好的巴西咖啡豆，放进了德国制的浓缩咖啡机。老板娘弯着腰，不知道在窸窸窣窣忙着什么。随着“咻”的一声加压的声音，浓醇的咖啡开始滴入白色小咖啡杯，深沉的香气瞬间扩散。深濑用力吸着香气，浑身舒畅，脑袋也从内侧开始放松。

“请用。”

老板把第一杯浓醇的浓缩咖啡放在深濑和美穗子面前。富有光泽的琥珀色咖啡令人赏心悦目，他把鼻尖凑近杯子，感受着香气的深处喝了一口。

“太赞了，还是这里的咖啡最好喝。”

他感到全身好像融化了。美穗子也把咖啡含在嘴里，细细品尝。

“听你这句话，显然曾经移情别恋。”

老板娘笑着说道，把一个藤篮放在深濑和美穗子中间。藤篮内有一排小瓶子。

“第二杯请加热水，然后再搭配这个。”

“可以吗？”

深濑窥视着老板。正在准备第二杯的老板表情很严肃。

“不瞒你说，我老公比我更迷这种喝法。虽然我原本以为他会说，咖啡加蜂蜜根本是歪门邪道。”

“有各种不同的搭配方式，学问太深奥了。”

老板磨着印度尼西亚咖啡豆说道。原来如此，印度尼西亚的咖啡豆酸味较低，搭配蜂蜜很好喝。

“所有的种类都不一样吗？”

美穗子拿起其中一个小瓶子问道。不知道是不是从大瓶蜂蜜分装的，小瓶子上没有贴标签，但每个瓶子上都贴了直径一厘米、不同颜色的圆形贴纸。

“对啊，我老公在网络上从全国各地订购的。”

“好厉害，颜色也都不一样。”

美穗子从篮子里拿出瓶子，排在吧台上，然后把六瓶蜂蜜按颜色由深到浅重新排好。

“颜色最浅的是樱花吗？”

深濑问。老板娘从围裙口袋里拿出小抄看了一下。

“答对了，深濑，你真厉害。”

美穗子也满脸佩服地看着深濑，似乎好奇他怎么知道。因为这与之前和古川一起吃蜂蜜吐司时的蜂蜜相同，说出来就等于承认自己曾经“移情别恋”，所以他只是抓了抓头。

“请喝。”

老板把第二杯咖啡放在他们面前，正常尺寸的咖啡杯内是加了热水的浓缩咖啡，这种咖啡有泥土的香气。

“你要加哪一种？”

美穗子问深濑。

“听听老板有什么建议。”

深濑回答说。老板看着吧台上那一排小瓶子说：“最旁边深色的那瓶。”那是好像把咖啡做成果冻般深褐色的蜂蜜。

“颜色难得一见吧，味道也很有个性。”

老板娘递上小茶匙，美穗子先舀了一小匙，但没有加入咖啡里，而是直接放进嘴里。

“真的耶，如果不说是蜂蜜，会以为是熬煮的焦糖。阿和，你也先尝尝。”

美穗子把瓶子递给深濑。深濑用小茶匙舀起后尝了尝，发现并不是第一次品尝这种味道。刚才看到颜色时就想到这件事，果然和他在斑丘高原路边买的蜂蜜有相同的味道。他的舌头仍然记得当时尝了一口，就觉得和咖啡很配。

“深濑，你知道这是什么蜂蜜吗？”

老板娘问。深濑虽然记得味道，但不知道是什么植物，因为当时的瓶子上也没有写。

“不知道，有树液的味道，所以是树上开的花……苹果吗？”

“答错了。正确答案是……荞麦的蜂蜜。”

老板娘开心地说道。

荞麦。

真的很少见耶，原来还有荞麦的蜂蜜——美穗子的声音好像音量被关小了，渐渐远离。

荞麦、荞麦、荞麦——

深褐色黏稠的液体在深濑的脑海中旋转，那天晚上的景象倒转回来。

——那我去。

广泽决定去接村井。深濑走去厨房为他准备咖啡。将用滤袋滴滤的咖啡装进保温杯，因为广泽喜欢吃甜食，所以深濑加了大量白天在路上买的深褐色蜂蜜后充分搅拌，盖上了保温杯的盖子。

——这个给你。

他把保温杯递给坐在门框上绑鞋带的广泽。

——你为我泡了咖啡吗？

——对不起，我只能做这点儿事。

广泽伸出大手接过杯子，打开饮用口，眯眼闻着香味后，“啪”的一声盖上杯盖。

——开车的人真占便宜，谢谢啦。

说完，他站了起来，打开了厚实的木门，冷风呼呼地吹了进来。

——路上小心。

广泽举起拿着保温杯的手，对深濑露出微笑。

广泽最后说的那句话萦绕在深濑的耳边。

——那我走了。

原来……是我杀了广泽。